累累 るいるい

松井玲奈

累累　目次

1

小夜

「我希望在今年內結婚。」

晚餐時，他告訴了我這樣一句話。

不同於當初告白的時候，這求婚實在單調無味。我今天因為沒有工作，身上穿的是已經褪色的黃色居家服，頭髮也只是隨便綁成一束。我真的不敢相信他為什麼偏偏要挑現在，對一個連唇膏都沒塗的女人講出這樣重大的事情。

然而我並不會因此認為他的意思是反正都在一起這麼久了乾脆就結婚吧。在他心中，想必不是要結婚或不結婚這樣單純的問題。

我從一開始就很清楚他和我交往並不是抱著遊戲心態。當他對我說出「希望以結婚為前提交往」這樣一句老掉牙的告白臺詞時，那一反他平常個性的不安眼神我至今依然記憶猶新。那樣搖擺的心情讓我有種充滿戲劇化的感覺。而現在的他對於和我共度人生的事情毫不感到猶豫。就好像眼前這些餐食的調味一樣，對雙方來講所有條件應該都齊全了。

「因為我覺得就算要結婚也需要一段時間做準備。」

「準備？」

「我希望向妳父母問候一聲，也要好好告知我周圍的人，讓一切按部就班地進行。」

原來他說什麼「今天是休假所以我來做飯」並幹勁十足地跑進廚房就是為了這個。餐桌上擺的都是我喜歡吃的料理。烤香菇甜蔥、青椒炒肉絲加上蛋花湯。有如禮服裙襬般飄逸的蛋花在碗中舞動，米飯在螢光燈的照耀下更顯得晶透白皙。

「今年內嗎……」

我如此含糊其辭，並裝出在思考的樣子把筷子伸向青椒炒肉絲。不鹹也不淡，味道剛剛好。

葉先生今年即將滿三十歲。考慮到他的年齡以及兩人近乎同居的現況，我也很清楚該是邁向下一步的好時機了。

從敞開的窗戶外傳來遠處的狗兒有如溶解在黑夜之中的嚎叫聲，也飄來帶有溼氣的綠草氣味。現在距離年底還剩下半年的時間。

男朋友用一點都沒有求婚感覺的方式向我求婚了。一個禮拜後，我將這件事告訴了我的好姊妹深鈴。我們見面的地點是她一直很想來看看的熱門時尚咖啡館。以白色為主要色調的店內到處可以聽到年輕女生們開心談笑的聲音，看到店員穿梭來回於那些女孩們之間。

「那妳不結婚嗎？」

「我是很想跟他在一起，可是又有點疑惑『結婚』到底是什麼?讓我很猶豫。」

「不過真虧妳可以用含糊的回應撐過那個場面呢。葉先生沒有感到受傷嗎？」

「嚴格來講也不算撐過那個場面啦。我只是……回了他一句『說得也是』而已。」

那就等於ＯＫ了嘛。深鈴如此說著並垂下眉梢。從高中以來一直跟我感情很好的她只要遇上感到傻眼的事情就會露出這個表情。她的眉毛原本已經有點下垂，像這樣又垂下眉梢就會給人很強烈的同情感。即使知道那是出自她的善意，但那表情還是刺痛了我的心。

對於我說出口的那句「說得也是……」，看來深鈴也跟葉先生一樣解釋為肯定的回應了。言外之意真的是很難傳達的東西。其實我的那句話中同時蘊含了肯定與否定的意義在內的說。

套在深鈴無名指上的銀色戒指今天莫名讓我感到刺眼。葉先生當時向我求婚之後，把一個裝有結婚戒指的小盒子放到餐桌上。然而我沒能收下那枚中間鑲有一顆小鑽石、設計很精簡的戒指。

我不知道自己二十三歲的年齡究竟適不適合結婚。自從就業之後我出社會還不到一年。雖然結了婚還是可以繼續工作，或許這並不是什麼值得煩惱的問題，但我還是沒辦法打從心底感到開心。

深鈴凸出的圓滾肚子撐起她身上的連身裙。當她剛才用那樣的孕婦模樣現身在見面地點的時候，我忍不住嚇了一跳。

立志成為作家的她是在幾個月前得知自己懷孕，甚至還半夜打電話來向我哭訴。對於同時面臨懷孕與結婚兩大問題的她，當時的我真的感到很可憐。

明明還那麼年輕。明明還有想做的事情。自己的夢想要怎麼辦？

對肚子裡的生命有辦法負起責任嗎？自己有辦法成為這孩子的母親嗎？結婚的對象選擇這個人真的沒關係嗎？那時的深鈴表現得非常苦惱。而我聽著她這些話的同時，腦中也有想到萬一自己跟葉先生懷了小孩會怎麼樣，可是卻一點也沒有現實感。深鈴的丈夫剛開始雖然也感到震驚，不過那兩人後來在我不知情中做好覺悟，無論結婚或生產的事情都很乾脆地做出了決定。

如今我甚至對他們兩人感到非常羨慕。

「我從旁人角度來看你們兩個也覺得很登對呀。乾脆結婚不就好了？」

「我總覺得沒辦法想像。」

「他對妳那麼好，而且你們現在也幾乎等於在同居不是嗎？到底有什麼好猶豫的？」

「……我自己也搞不清楚。就只是一直在想『結婚』究竟是什麼。」

「結了婚，有了小孩。家人就好像人生中找到的寶物一樣，光是有家人陪伴就能讓人感到有自信，能夠安心喔。」

「……」

「是婚前憂鬱症嗎？」

我可不希望自己的心情被解釋成那麼簡單的一句話。自從深鈴決定結婚之後，我就發現自己對結婚這件事感到有些疑惑，卻又一直裝作視而不見。畢竟我總覺得自己的年齡還不適合結婚，也相信對方應該會等待我做好心理準備。但事與願違，葉先生想要為這個平穩而缺乏變化的生活告一個段落。

兩人結婚成為夫妻。那究竟是什麼樣的感覺？除非面臨逼不得已的狀況，否則我實在難以想像大家是基於什麼理由決定要結婚的。難道就像深鈴所說，是想要「家人」這樣一個讓人安心的關係嗎？

我對於自己和葉先生的未來還沒有辦法抱持確信。

店員這時走過來，深鈴便迫不及待地開心翻開菜單，詢問起這間店最受歡迎的餐點是什麼。她說過就算肚子變大了還是可以從事寫作工作，對於工作的熱情似乎並沒有消退的樣子。這麼說來，她剛懷孕的時候也完全沒有提過對於自己可能斷送夢想的不安。而且現在的她甚至比以前更加燦爛耀眼。

深鈴點了最受歡迎的巧克力蛋糕後，又附加詢問了店員是否有去咖啡因的紅茶。

「那我要蒙布朗蛋糕跟黑咖啡。」

我問起深鈴現在是幾個月，她便帶著慈愛的表情摸起自己的肚子，告訴我快要八個月了。

「差不多要對外出慎重小心了。等孩子生下來，該忙的事情忙完後，妳也來我家玩吧。」

「謝謝。我很高興妳來跟我見面，不過妳要把自己的身體放第一喔。」

就在我這麼表示時，深鈴忽然說出一句「啊！動了！」並把手放到肚子上感受自己孩子的胎動。她接著又問我要不要也摸摸看，可是我對於觸摸那大肚子不禁感到害怕，而說一句「沒關係，謝謝。」婉拒了。

想了再想，我還是找不出對於結婚的確信。尤其回到自己住的單人公寓時，就更缺乏對於結婚的現實感了。眼前盡是自己的東西。放了兩顆枕頭的床，白色的矮桌，以單身族來說有點大的電視，非我所好的包包，濺到醬油而留下汙漬的地毯。這全部都是屬於自己的一部分，讓我感到很習慣。

拉開床下的抽屜櫃，可以看到葉先生沒穿過幾次的換穿衣物收在裡面。我又默默地把抽屜推回原處。

葉先生不太會到這房間來。但這並不表示我討厭自己的空間與他的空間互相混在一起。事實上我平常幾乎就像同居一樣生活在葉先生的地方，而他的房間到處都可以看到我的東西以及我的痕跡。

我為了轉換一下心情，把收在衣櫥深處的畫具拿出來放到桌上。在B4尺寸的素描簿上畫線時，鉛筆滑過圖畫紙的觸感教人感到懷念。以前我只要有空就會像這樣一直盯著紙張的說。總覺得在創作作品的時候是最能夠面對自己、理解自己在思考什麼的時間。因此我為了明白自己的感情，試著畫起一套禮服。

背部大膽地敞開，腰部的位置盡量提高。為了讓手臂顯得纖細，在袖子的部分畫上細緻的蕾絲。如果不希望讓裙襬過度展開而是漂亮地往下垂成直線，應該要用什麼樣的布料會比較好呢？我一邊想像一邊動筆，不知不覺間純白的背景中便出現了一名將頭髮整理成一束、臉上沒有表情的女性擺出回首的姿勢。

我沒有繼續細畫臉部的五官便把白色的壓克力顏料擠到調色盤上。然而就在那瞬間，我又停下了手。

純白色的結婚禮服也未免太拘泥於典型而刻板陳腐。對於無意間選擇了這個顏色的自己，我不禁感到一陣暈眩。

我拿起鉛筆，在平坦的臉上添加眼鼻。回眸一笑的人不是我。接著把剛才擠到調色盤的白色顏料塗在禮服上，為整幅畫做最後的修飾。

完成的畫面中是捧著淡紫色花束、滿面笑容的深鈴。

「如果妳要辦婚禮，我希望妳會穿這樣的禮服，所以試著畫畫看了。」

我將剛完成的圖連同這段文字傳給了深鈴。

「沒想到小夜會為了我畫結婚禮服，好感激喔～！雖然要等小孩生出來之後，不過如果真的能穿上這麼漂亮的禮服我會很開心！我甚至想把這幅畫裝飾在婚禮現場呢。」

看到深鈴天真無邪的回應後，我把手機畫面往下蓋在桌上了。

以前在咖啡店打工的時候，我記住了每天都會來光顧的葉先生的長相與習慣的點餐。從掛在胸前的員工證看起來，他應該是同一棟大樓的某間知名企業的員工。

「最大杯的黑咖啡，熱的，對嗎？」

有一天當他開口點餐之前我就將點餐內容脫口而出時，我頓時覺得自己搞砸了。我很擅長記住人的長相、名字與喜好，結果便習慣性地念了出來。

雖然打工前輩告訴過我把常客的習慣點餐記起來是好事，但以前有一次我做了同樣的事情時，卻被客人用很大的聲音嫌說居然把人家每次會點的東西都記起來也太噁心了。想到自己會不會又像那次一樣被客人用討厭的表情責備，我就忍不住低下頭，繃起肩膀。

然而我抬頭看到的卻是葉先生有點害臊的微笑。我結凍般僵住的身體彷彿頓時被溫暖的春日陽光融解了。

「畢竟我每次都是點那樣嘛。」

平順沒有皺紋的西裝配上整齊打結的領帶。細框眼鏡雖然給人正經八百的印象，不過當我和他眼鏡底下的柔和雙眼對上視線的時候，我很難得地感到動搖而別開了眼睛。

「不好意思。因為我記得所以不小心就說出來了。」

「真害羞啊……那麼就麻煩妳，老樣子。」

「謝謝惠顧。」

我在他點的咖啡杯側面寫上「對不起」並加上一個兔子插圖交給他後，他又向我說了一句：

「我第一次看到杯子上面畫了這個可愛的插圖呢。妳畫圖很棒喔。」

因為我很久沒有被人稱讚過自己的畫，於是開心得後來每次只要他來光顧，我都會在他的杯子畫上圖案並留下一小段訊息。當他問我是不是經常這樣在杯子上寫訊息或畫圖時，我告訴他要對其他客人們保密。小小的事情就這樣成為了兩人之間的祕密，讓我們忍不住相視而笑了一下。後來外帶用的咖啡杯就有如交換日記般將我們兩人連結了起來。

今天下午好像會下雨喔。

領帶有點歪掉囉。

你是不是剪頭髮了？

雖然在點餐時交談的話語不多，但他拿到杯子看到圖時的反應成了我的一種樂趣。每當他表現得高興時，總讓我有一種自己的存在得到認同的感覺。

不過我並不認為像他這樣認真工作的人會看上像我這樣沒有正業的打工族。我們之間終究只是客人與店員，僅此而已。

有一天，總是上午來光顧的他卻在傍晚時露臉了。真是稀奇呢。我對他如此說道後，他接著便問起我今天會工作到幾點結束。

「如果不介意，要不要兩人下班後去喝個茶？」

聽到他這句話，我差點笑了出來。居然跑到咖啡店來卻問對方要不要一起去喝茶，這個人搞不好意外地是個天然呆呢。

「對不起，我今天有點事情……不過如果是明天就沒問題了。」

葉先生頓時放鬆原本緊繃的雙肩，輕輕推了一下眼鏡。

「……太好了。那妳明天幾點工作結束？」

「明天我下午六點下班。」

「我下班應該要到七點之後了。不好意思，可以請妳等我一段時間嗎？」

「好的，我會慢慢等。請你工作加油喔。」

「呃，那麼來一杯老樣子。」

「老樣子，是吧。」

在裝了黑咖啡的杯子上，我畫了他的臉並寫上自己很期待明天後交給了他。這天我才發現，他身上有一股麝香的味道。

第一次約會中，他喝著咖啡並有點緊張地告訴了我關於他的事情，而且對我這個人也抱持著興趣，完全不介意年齡或社會地位。他用直率卻又帶有些許不安的眼神告訴了我「不光是在店裡見面而已，我希望能和妳好好聊一聊，多瞭解關於妳的事情。」這樣一句話。不習慣面對那種直率態度的我，對他的視線不禁感到驚訝。雖然個性有點正經過度，但是那種會把心中的話直接表達出來，不會要手段的特質讓我覺得或許可以相信他看看。

開始交往之後沒過多久，我就變得經常跑到他的家，沒有打工的日子也會做飯等待他回來。當我還是美大學生的時候，總是只會做給自己吃的簡單料理，因此讓自己以外的人吃我做的菜實在是很讓人緊張的事情。雖然他總是會稱讚我做的菜很好吃，但一想到搞不好有一天會連那樣一句話都聽不到，我心中就會感到有點混亂。

興趣是登山的他有時候假日會跟大學時代的社團朋友一起去爬山，不過週六日必定會留一天陪伴我。個性比我還要一絲不苟的他，每次登山回來都會仔細把鞋子上的泥巴刷乾淨。而當我把陽臺傳來的刷子聲當成背景音樂為他泡咖啡的時候，就會聽見他或許是聞到香味而開心哼起鼻歌的聲音。

回顧自己和他這段以一對普通情侶來說算是順遂的生活，我忍不住會感慨原來自己也可以像一般人一樣享受戀愛。不知不覺間，兩年的歲月過去。從相處的時間以及他的年齡來想，會提起結婚的事情其實也不奇怪。

襯衫與領帶的組合，鞋子的排列順序，廚房用毛巾跟洗手臺用毛巾的區別，味噌湯的煮法，白飯的軟硬。他在很多細微的事情上有自己的堅持。當然我也是。一起生活的過程中雖然可以漸漸知道對方的「恰到好處」在哪裡，但終究也只能反覆一次又一次稱不上是說謊程度的小妥協。如此不知不覺間，就會變得連自己原本是怎樣都搞不太清楚了。我知道在這次的事情中同樣理解他的想法、配合他的步調，對於今後兩人共度人生上是不可或缺的必要行為，但我還是沒有辦法回應他說著「我愛妳」並對我伸出的手。每當聽到他那句話，我的心就會變得止步不前。

後來我仍舊得不出答案，繼續保持著與葉先生的生活。打工次數變得比以前更多了。而我打工完回到家，便聽到他溫和的聲音傳來。房間中充滿微苦的咖啡香氣。

「妳今天回來得很晚呢。吃過飯了嗎？要不要吃點什麼？」

「我吃過員工餐了，沒關係。」

這樣啊。他如此回應並喝了一口咖啡，換翹起另一邊的腳。

「最近妳打工會不會太拚了？」

「因為店裡好像缺人手的樣子。」

我將放下來的捲髮綁成一束，總算放鬆了肩膀的力量。本來想說自己要不要也來一杯咖啡，但又怕晚上會睡不著而作罷了。

「而且結婚很花錢吧。總不能都讓你出呀。」

聽到我這麼說，葉先生便回了一句「很高興聽到妳這麼說」。自從他向我求婚之後，我們雖然都沒再談過關於結婚的具體內容，但狀況彷彿變得我已經接受結婚一樣，讓我自己感到很難受。

房間角落的掛衣架上掛著應該是他明天要穿的西裝與襯衫。

「要不要幫你燙？」

他搖搖頭對我說：「我自己來，沒關係。」

「洗澡水已經放好了，去泡一泡吧。妳應該很累了。」

「比起葉先生的工作，我的打工根本不算什麼呀。不過謝謝你。」

我就這樣走進浴室，很快地脫掉衣服開始淋浴。閉起眼睛，讓雨滴般灑落的水打在自己臉上，臉頰肌肉便緩緩放鬆了。我接著無力地垂下頭，默默看著水順自己的頭髮滴落，朝著排水口流去。

把全身沉進裝滿浴缸的熱水中，一口嘆息很自然地從體內深處吐了出來。

為什麼自己如今還是沒有辦法接受跟葉先生結婚呢？最近當我走在路上時，變得總是會把視線望向攜家帶眷的路人。見到牽著小孩子的男性，就會很自然地把那身影與葉先生重疊在一起。現在的我有辦法身為妻子跟在那後面露出微笑嗎？光是這樣想我就會感到頭昏，怎麼也無法想像。

不像深鈴那樣對工作抱有夢想的我，現在也依然只是個過一天算一天、悠悠哉哉過著打工生活的人。

我害怕讓自己對什麼事物感到入迷。我明明知道和葉先生在一起對於自己的生活來說是很幸福的事情，但又害怕讓自己對他著迷。而這樣的想法又讓我感到愧疚，使我的心情不斷縮回深處。

當他向我求婚時，我沒能告訴他其實應該要先給訂婚戒指。後來無處可去的那枚結婚戒指被收到他的桌子抽屜中了。有一次我趁他出門工作的時候偷偷試著把那枚戒指套到自己的手指上。因為我想知道那究竟是什麼樣的感覺。結果銀色的戒指尺寸根本大到讓人想笑的程度，戴在手指上好鬆好鬆。

樹木的顏色變得彷彿在燃燒。我拿起手機想要拍照，卻感覺比起四方形的畫面還是肉眼看到的色彩比較強烈而鮮豔。於是我放下手機，結果背後傳來「不拍照了嗎？」的聲音，讓我轉回了頭。

「我覺得用眼睛看比較漂亮。」

今天是葉先生向我提議要不要一起去爬山的。他說現在紅葉很漂亮，而且假日動動身體也不錯。這是他第一次邀我一起登山，讓我不禁感到稀奇。而他則是靦腆地回應我：「偶爾一起去爬山也好吧？」

即使平常工作都是穿西裝的他今天也換上了登山打扮，穿著一件羊毛襯衫搭配健行用的米色長褲，加上不管在哪裡都很顯眼的大紅色背包。我雖然很喜歡他平常俐落的打扮，不過簡簡單單的休閒打扮我也同樣喜歡。而我則是因為根本沒有什麼登山用的衣服，所以穿的是方便活動的牛仔褲配連帽T。另外為了禦寒，腰上還綁著一件小外套。

我們途中一邊休息，一邊默默往山頂爬。他定期會轉回頭注意跟在後面的我。

「我還是第一次登山約會呢。」

「偶爾像這樣也不錯吧？」

「感覺很新鮮。」

樹木搖曳的聲響與踏在地面上沙土摩擦的聲音，都與街上的喧鬧不同。每吸一口氣就會有種全身上下每個角落都被淨化的感覺。和都會區的混濁空氣不同的清新感讓身體都感到喜悅了。

「到了最上面會有獎賞喔。加油吧。」

爬到距離山頂還剩一小段時，坡度忽然變陡了。擔心踩到落葉會滑倒的我忍不住放慢腳步，結果葉先生就默默地牽起了我的手。緊緊相連的手讓我頓時有種安心感。回想起來，第一次牽手的時候我也是這樣的感受。

我們第二次約會的時候，就在我想要碰觸他看看的瞬間，他便主動牽起了我的手，讓我不禁覺得他怎麼這麼會看時機呢。

或許在懂得仔細觀察對方並率先做事的部分上，我們的本質也很相像吧。

牽在一起的手是如此溫暖，但我的腹部深處卻忽然感到一股寒意。

我們最終抵達的山頂上有一間小屋，招牌上寫著「蕎麥麵、烏龍麵」。

「中午就在這邊吃吧。」

葉先生看著貼在牆上的菜單點了一碗月見蕎麥麵，而我也點了一份同樣的東西後，店裡身材嬌小的老婆婆便很有精神地回應了我們。

「你以前有來過這裡嗎？」

「大概幾年前吧。我一直想跟妳來一次看看。」

擺在店內角落的老舊電視機、角落邊緣變得捲翹的菜單紙、燻黑的木頭牆壁，都讓人感覺彷彿只有這裡的時間流速與外面的世界不同。

白色的山藥泥上放了一顆蛋黃的蕎麥麵吃起來非常美味，麵條吸入口中、滑過喉嚨，讓身體逐漸變得暖和。用筷子撈起麵條的同時，麵湯的香味也隨著蒸氣飄散開來。

轉眼間就把麵吃完的我，和葉先生都露出了滿足的表情。

「這麼好吃的蕎麥麵，真想再來吃呢。」

「很高興妳會喜歡。婆婆，再給我一串糯米丸子。」

我們結完帳並拿了一串丸子後，在一張視野遼闊的長椅上坐了下來。

輕撫臉頰的微風讓人感到舒服，俯瞰下方呈現各種紅色的樹林給人一種開放的感覺。

我指著頭頂上的紅葉問葉先生「你覺得這個紅色是什麼顏色」，結果他很難得地睜大眼睛表現出困惑的樣子。

「什麼顏色？紅色不就是紅色嗎？」

「同樣是紅色之中也有分成很多種紅色喔。」

於是他皺起眉頭，認真地默默觀察頭頂上的葉子好一段時間。

「你只是假裝在思考吧？」

「……被發現了。紅色之中我知道的頂多是朱色啊。」

「這個呀，我看起來是八鹽紅。」

聽到這樣不熟悉的詞彙，葉先生頓時用手指推了一下眼鏡看向我。

「真的有那種名字的顏色？」

「有喔。那是傳統的紅花染布中很深的顏色。從前這種顏色的布料非常珍貴又昂貴，所以聽說還被稱為禁色呢。」

「禁色啊，聽起來有點恐怖。」

「確實。不過如果要講得更~淺顯易懂，就是深紅。」

「啊，這顏色的名字我就有聽過了。這紅葉的紅色確實很深呢。」

「好像火焰深處的顏色一樣，我很喜歡。」

「果然讀過美大的人對顏色就是懂得很多。」

我原本是抱著捉弄的意思對葉先生出問題的，卻反而是我被調侃了。

「你在欺負我對不對？」
「彼此彼此啦。來，吃丸子吧。」
後來我們又繼續聊著樹木的顏色。他說他雖然經常爬山，但從來沒有認真想過樹葉是什麼顏色。接著我們就像玩猜謎遊戲一樣互相問對方眼前看到的是什麼顏色，結果講到後面跑出越來越多亂編的顏色名字，讓兩人都捧腹大笑了。
「話說回來，葉先生喜歡的是什麼顏色呢？」
「是沒有特定的顏色啦，不過今天這樣聊起來，讓我覺得大自然的色彩真是有趣。畢竟會不斷地變化。」
「樹木的顏色也是，隨著不同季節就會呈現不同的顏色。」
「嗯，我現在才注意到自己是因為喜歡那樣的變化所以喜歡爬山的。看著逐漸變化的風景，讓我感到很安心。」
「明明在變化卻感到安心？」
「要是沒有變化就會讓人感到不安啊。春天是綠色，到了夏天顏色又變得更深。樹葉的顏色會伴隨時間而改變，每次來時景色呈現的表情就會不同。就好像妳今天告訴我每一棵樹的顏色都不同般，即使是同一棵樹，想必每年的樹葉顏色也都不一樣吧。」

「嗯。」

「隨著欣賞的地點或時間不同，想必也會看到跟現在不同的顏色。」

「說得也是。這地方到了明年應該也會被染成不一樣的色彩吧。」

我對自己講出口的「明年」這個詞頓時感到在意，忍不住垂下視線。眼角餘光看到葉先生的手用指尖轉動著已經沒有丸子的叉子，感覺好像不知該如何是好的樣子。

「如果明年也能來看就好了。」

自己講出來的話卻莫名空虛，輕易就被淡藍色的天空吸收掉了。

「小夜對結婚的事情並不是感到很積極吧？」

我的腹部深處又頓時感到一股寒意。

我瞥眼偷瞄到他的視線直直望著前方，就跟之前求婚時一樣毫無迷惘。然而我這次則是想不到像上次那樣可以解釋為肯定也可以解釋為否定的話語，無法巧妙撐過這個局面，只能不得已地讓現場陷入沉默，接著又被葉先生打破寂靜：

「我不是在責怪妳。只是我一直都有在思考。如果要認真考慮結婚，差不多也該向雙方的父母問好了，而且也要準備向周圍的人報告。我沒有催促妳的意思，只是想知道妳的心情是怎樣。」

不是在責怪妳。不是在催促妳。這樣保險起見的強調方式，反而讓我看出了他真正的想法。

他在責怪我，也在催促我。

「如果要結婚也需要做些準備，首先必須存一筆錢才行。總不能全部都讓你出，而我要準備一筆錢可能需要一段時間。你之前說希望在今年內嘛，所以我是配合那個時間在存錢。對不起，讓你等我了。」

我平常對葉先生講話的時候都會先在腦中好好思考要說出口的話，現在卻像個會講話的人偶般一句接著一句冒出嘴巴。

「妳不用在意那種事情啦。不夠的錢我會出，而且今後我們兩人是互相扶持啊。」

他講出這樣有如模範解答般的回應，並且用堅定的眼神注視我。越是被他這樣積極對應，我的心情就越往內縮。沒有自信回應他期待的罪惡感讓我擅自脫口而出的，是「……我希望你現在讓我也努力一下呀。」這樣一句話。我接著態度柔弱地把視線別開後，他便「我知道了。」地抱住我的肩膀。青蘋果般的髮膠味道隨之飄來。

後來我們什麼話也不說，靜靜望著流動的雲朵與漸漸下沉的太陽。就在天色逐漸昏暗時，葉先生便說「涼了，我們回去吧。」並為我取暖似地溫柔抓起我的手。彷彿剛才那段交談都沒發生過般，兩人並肩走下山了。

這天我們一如往常地回到了葉先生家。當我洗完澡走出浴室時，隱約聽到他在客廳似乎與朋友在講電話的聲音。從他自然的講話方式聽起來，對方應該是他的好朋友石川吧。

「原來婚前憂鬱症是真的存在啊。」

我打開吹風機的開關，掩蓋掉他開玩笑似的笑聲。

什麼存的錢不夠根本只是藉口。葉先生並不知道我房間其實有一筆平常用不到的錢塞在點心盒中。雖然我沒有興趣知道塞滿兩個帆船巧克力餅空盒的鈔票究竟有多少金額，但肯定足夠當成結婚典禮的資金。比起消費金錢，看著鈔票漸漸塞滿盒子更讓我有種自己獲得認同的感覺，使我感到安心。

光是「結婚」這兩個字浮現腦海，我就有種腦袋被丟入漆黑大海的感覺。意識隨著海浪搖擺而攪和，明明人在家中卻彷彿暈船似地噁心想吐。

必須趕快吹乾才行。不只是被水沾濕的頭髮，還有被浸到漆黑液體中的腦袋也是，都要馬上吹乾。

顏色有如燃燒般的樹葉就像最後燃燒掉落般消失。落到地面的葉片變得彷彿灰燼，被冬季刺骨的寒風不知吹往何方了。

進入十二月後，我與九月底生產完好久沒見的深鈴見面了。她說平日丈夫不在家，叫我可以放輕鬆到她家玩。

自從她結婚之後，我是第一次去她家。三不五時就互相到對方家玩的學生時代感覺彷彿是遙遠的過去。

我穿過陌生的公寓入口大廳，爬上五樓，按下角落房間的門鈴後，眼前的門便伴隨我熟悉的聲音打開了。

在深鈴的招待下進到門內，我頓時聞到乾燥花香料的甘甜氣味。這是以前在深鈴家從來沒聞過的味道。身上穿著寬鬆連身裙的深鈴把頭髮剪得又短又齊。

「雖然我之前在ＩＧ上已經有看到，不過妳真的把頭髮剪得好短喔。」

「因為人家說生完小孩會很忙嘛，所以我就剪掉了。」

她明明一直以來都像個人堅持般守護著自己的一頭長髮，現在卻沿著下巴的線剪齊，讓人都不禁覺得她頸部很冷。

「不過這真的是做對了。現在我每天都睡眠不足，連吹乾頭髮的時間都嫌浪費呢。」

連一句「真是辛苦妳了。」都講不出口的我對自己感到焦躁起來。以前我們聊天時總是能產生共鳴，但自從深鈴懷孕之後兩人之間的對話就一點一滴地出現了分歧。生小孩的方法，必要的嬰兒用品，要取什麼名字。對於這些話題我都只能提出老掉牙的建議或嗯嗯嗯地附和而已。

剛出生兩個月的小寶寶全身都還軟綿綿地感覺很不可靠。只要一哭，深鈴就會中斷交談，確認兒子的尿布或是餵他喝母奶。這個小小的男孩子要是沒有深鈴應該就活不下去吧。而深鈴大概在本能上也理解這點，用彷彿看著世界上最珍貴最寶貝的存在似的眼神哄著自己的孩子。

「養小孩真辛苦呢。」

「就是說呀，感覺就像在拚體力。」

「妳已經完全像個媽媽一樣了。真厲害。明明是同樣年紀，但我一點都不覺得自己能夠做到像妳那樣。我光是照顧自己都來不及了。」

就在我這麼說的瞬間，氣氛忽然變得寒冷。於是我抬起視線，看到她用責備似的眼神望向我。搞不清楚是什麼事情讓她變成那樣的我只能驚訝地睜大眼睛，好不容易才擠出了一句對不起。結果她簡短回應我一聲沒關係後，抱著兒子小心翼翼地坐到椅子上。

「我也一樣是自顧不暇呀。可是這孩子要是沒有我就活不下去，所以我只能每天拚命。小孩生出來之前我還認為自己可以成為一個完美的母親，但是就在小孩生出來的瞬間，我開始深切體認到自己根本沒有辦法成為什麼完美的母親。這孩子當然是世界上最重要的存在，可是我有時候就是會莫名地感到害怕。」

「…………」

「自己真的有辦法靠這雙手養大孩子嗎？雖然生產前我也有感到不安，但老實講那時候是期待的心情比較強烈……遇到睡不著的時候，我偶爾也會想到如果自己現在還單身就好了。當然我現在過得很幸福，可是也有點羨慕妳呢。」

被她纖細的手臂抱住的小寶寶緩緩地發出睡著的吐息聲。深鈴看著自己的孩子，表情漸漸變得柔和。

「總算安靜下來了。」

「妳預定什麼時候要辦婚禮？」

我送給她的那幅結婚禮服畫現在被掛在玄關入口處。畫中的深鈴回眸一笑的可愛表情閃過我的腦海。

「不曉得，大概等這孩子一歲之後吧。現在光是顧小孩就忙得要命，要是再加上婚禮的準備工作，我會受不了。」

「說得也是。」

「啊，不過我老公說過要跟這孩子一起三個人拍婚紗喔。我必須稍微減肥一下了。」

說要減肥的她看在我眼中，感覺身材跟以前沒有什麼改變。不同的只是剪短的頭髮跟沒有化妝的臉蛋而已。

我不禁想說下次要送她一根唇膏。帶有淡淡櫻花色的唇膏。我希望她至少要留給自己一點塗唇膏的時間。明明她以前那麼會妝扮自己，現在缺乏色彩的嘴唇在她臉上顯得如此突兀。

「雖然我可能沒辦法穿像妳畫給我的那種禮服，不過如果要辦婚禮，我想把那幅畫當成迎賓看板。」

「到時候妳跟我講一聲，我會配合妳穿的禮服重畫一張。」

「謝謝。話說妳倒是怎麼樣了？結婚的事情。」

「當初是說今年內，現在已經快要年底。我差不多該做出決定才行了。」

「什麼差不多，葉先生應該已經發現了吧？」

「他覺得我應該是婚前憂鬱症。之前還說雖然不是在催促我，但畢竟要問好、告知之類的準備，所以希望我給他回應。」

深鈴頓時垂下眉梢。仔細看看她的兒子也跟她一樣是下垂眉，讓我覺得他們真不愧是母子。

到底有什麼事情那麼在意嘛。她嘆著氣如此說道。

要是我現在把內心深處的想法講出來，就算沒有那個意思恐怕也會讓深鈴感到難過吧。

究竟該不該在這個年紀就決定結婚。

我現在還二十三歲。當然我很喜歡葉先生，可是只要結了婚無論如何都會變得比較不自由。

我很擔心，自己是否真的能夠和葉先生共度一生。光是想到這個問題，我就會有種腦袋被浸在一片漆黑大海的感覺，恐懼得全身發抖。感覺自己會換了名字，彷彿變成了另一個人。深鈴也是自從結婚生小孩後就讓我覺得好像變了一個人。現在的我們兩人不屬於同樣的世界。

如果我決定結婚之後，是不是就會跟她抱有同樣的煩惱，為了成家資金或自己與丈夫家族的關係之類的事情商量議論，變得又像以前一樣兩人之間有共通的話題呢？

「小夜妳想太多了啦。妳想跟葉先生在一起對吧？」

「我是想在一起，可是我覺得這點就算保持現在的關係也不會變呀。」

「他是想要一份安心。」

「可是那樣就換我不能安心啦。」

「不過那樣，葉先生也同樣會變成屬於小夜的東西喔。」

「我和葉先生都不是『東西』。為什麼大家都要那麼執著於結婚呢？只要保持像現在這樣就很幸福的說。我還沒有自信即使知道了對方的一切也還能夠與這個人共度一生。我還想要自由生活呀。」

完全就是婚前憂鬱症了嘛。這樣一句話竄入我的耳朵，讓我的腦袋像被石頭砸到一樣劇烈震盪。

不要講得好像自己很瞭解一樣。

「我就說不要什麼事情都用『婚前憂鬱症』那樣簡單的話總結掉呀！」

我一時衝動地用手掌拍打桌面，接著立刻感到無比後悔。在眼前肩膀跳了一下的深鈴臉部頓時變得僵硬，緊緊抱住小孩頭部的動作大概是出自身為母親的防衛本能吧。在她懷中的小寶寶則是對聲響毫不在意，帶著徹底安心的表情繼續睡著。

我小聲呢喃了一句抱歉，滿肚子的憤怒都被後悔的心情沖刷掉了。

「我太激動了，對不起。」

「別在意。我也很抱歉那樣刺激妳。」

放在桌上的手掌隱隱作痛，彷彿只有那部分變成了跟我不同的生物一樣。深鈴接著輕輕把手蓋到我的手上。傳來的不只是她的體溫，還混雜著她兒子的體溫，一股滾燙的感情頓時湧上我的心頭。

無論是誰都沒辦法忽然改變的。深鈴肯定也是一樣。或許她是接觸著自己孩子的溫暖，日積月累下逐漸產生變化的。

和葉先生在一起的時候，我不需要偽裝自己。他總是會看著當下的我，並對我表現出好意。我不用勉強扮演為了什麼人的自己。

但是結婚之後，一直以來這樣的關係搞不好會產生變化。我很害怕這點。要是周圍的人要求我扮演得像個妻子，我可能會有種被沉在水中窒息的感覺。

「我結婚之前也有煩惱過喔。不過這並不是終點。就算結了婚生了小孩，這些都只不過是人生中的一個橋段罷了。」

小夜就是有時候會想太多變得鑽牛角尖。深鈴如此說著，用她溫暖的手緩緩撫摸我的手。在那手指上，戴著我的手上還沒有的戒指。

「我本來以為自己已經非常瞭解妳的，但看來其實還不夠呢。」

如此表示的深鈴臉上，帶著身為一名母親的表情。

回家路上，我打了一通電話。雖然很不好意思，但今天的打工還是請假吧。

接著，我又打了電話給葉先生。

「喂？」

電話另一頭可以聽到辦公室的人們在講話的聲音。

「現在方便講電話嗎？」

「沒關係。」

「今天我不用去打工了。店裡好像意外地人手足夠的樣子。所以我今天會煮晚餐，你想吃什麼？」

「焗烤。」

「南瓜的？」

「對。」

「你就是喜歡吃南瓜焗烤呢。」

輕輕的笑聲傳來，讓葉先生用他在公司難得會露出的笑臉點點頭的模樣隔著電話浮現在我腦海中。

「因為妳做的焗烤很好吃啊。」
「通心麵少一點，配料多一點對吧？」
「妳很清楚嘛。」
沒錯，我們彼此都很清楚對方吃食方面的喜好。
「那你就抱著期待的心情回來吧。哦對了，回來前打個電話給我喔，這樣我比較好算時間。」
葉先生語氣開心地回了一句「瞭解」後，電話就被掛斷了。通話結束的尖銳聲響敲打我的鼓膜。我心中頓時留下某種感到奇怪的感覺。
這下回去之前必須先到超市補充不夠的食材了。而且今天我本來沒有預定要買東西，所以要多花錢買購物袋才行。
南瓜、白醬，還有雞肉好像也沒了。其他食材印象中應該都還有。
我就這樣回想著別人家的冰箱裡還有什麼東西，並添購必要的材料。
像手掌尺寸幼鳥般的奇異果散發出強烈的甘甜香氣，讓我忍不住停下腳步。我想說可以當成餐後甜點，於是放進了購物籃。
明明做的事情跟平常一樣，奇怪的感覺卻依然揮之不去。腹部深處又漸漸感到冰冷起來。

就在這時，一通難得的電話打來。看到畫面上顯示若葉學姊的名字，我忍不住提著購物籃停住腳步，按下接聽按鈕。我「喂？」了一聲後，對方便回了我一句「好久不見」。過得好嗎？還可以啦。普普通通的問候結束後，學姊聲調一變：

「妳記得以前當教授助手的那個琴吹小姐嗎？」

「……哦哦，琴吹小姐。真教人懷念呢。」

「或許妳也已經知道了，琴吹小姐據說明年初要結婚的樣子。所以我現在正在向大家收集可以在婚禮上公開的祝福話語，妳能幫個忙嗎？」

原來那個人也要結婚了。

我放慢腳步走向結帳櫃檯並繼續聽著若葉學姊說下去。

「我想說妳以前跟琴吹小姐感情不錯，就打電話給妳了。因為學生們和畢業校友們都不會出席婚禮，所以我想說至少表示一點心意。」

「學姊妳人真好呢。」

「大家對這件事都很興奮，可是沒有人舉手自願當負責人呀。」

如何？願意幫個忙嗎？學姊又再一次如此詢問。

「既然是學姊拜託就沒得拒絕啦。大家應該也是因為知道這點所以沒有舉手的吧？」

「才沒有那種事啦～不過謝謝妳囉！」

詳細內容我再傳給妳，下次一起去喝個茶吧。學姊說完後便掛斷了電話。

由於是黃昏時間，結帳櫃檯前排隊的多數都是家庭主婦跟小孩。我則是孤零零一個人排到隊伍的最後面。

原來那個人也要結婚成為屬於某個人的存在了。

一名帶著小孩的主婦排到了我後面。如果能夠像黑白棋一樣在這裡從單身女性硬是被翻轉成已婚女性，我的心情是不是就能輕鬆許多呢？

不過……熟知葉先生的喜好，知道他家的冰箱裡有什麼東西，還會貼心地配合他回家時間準備晚餐的我，其實早就已經像是他的妻子了吧。

也許在不知不覺間，我同樣累積了許多的東西。就像深鈴一樣。想必琴吹小姐也是。

深鈴說結婚並不是終點。只要稍微換個思考角度，或許我也會變得可以接受吧。葉先生為了我們兩人往前踏出了一步，為了不要讓我被別人搶走。

當我把他收在抽屜的戒指偷偷戴上時，我其實是很開心的。無論是他願意對遲遲得不出答案的我抱著信任繼續等待的事情，或是他願意認同我成為他伴侶的事情。

我瞥眼瞄了一下自己什麼也沒戴的左手。

還有好多事情我不曉得。

當葉先生再度遞出那枚戒指的時候，他臉上會是什麼樣的表情呢？我又會是什麼樣的心情呢？面對這樣任性的我，他也許會露出我還沒有看過的笑容吧。

2

小PAN

我的職業是獸醫。從我的上一代及上上代一路繼承家業，也沒多想什麼就選擇走上了這條長輩為我鋪好的路。

我喜歡動物。這點對我算是一種救贖。雖然為小狗打針時那對烏溜溜的眼睛會讓人感到於心不忍，不過看著牠用鼻子嗚叫著對主人求情的模樣就可以感受到牠與主人之間有良好的信賴關係，讓我感到放心。

如果要簡單說明獸醫的工作，就是為寵物做各種檢查，並接受飼主諮詢問題。還有動手術。手術雖然有很多種類，不過去勢手術應該是最簡單易懂的例子了。最近由於為寵物去勢已經變得理所當然，因此手術件數相當多。

小貓小狗通常長到六個月大就能進行去勢、絕育手術。全身麻醉後，如果是母的就開腹取出裡面的東西，如果是公的就摘除睪丸。因為對象是寵物所以還讓人可以接受，但如果是人類……我光是這樣想就會感到不寒而慄。這些想像深深使我的精神疲憊，甚至到做夢都會夢見的程度。

我被放在一張大手術臺上，比太陽還刺眼的燈光照耀著我。明明亮得連眼睛都睜不開，但夢境這種東西就是很神奇，另外還有一個我俯瞰觀察著那樣的自己。

夢裡的空間是動物醫院的手術房。身穿手術服的醫生說了一聲「手術刀」後，刻意把前端尖銳的手術刀拿到燈光下照耀。明明眼睛看不見，身體也無法動彈的我卻能靠感覺知道閃閃發亮的刀尖被放到我的下半身，讓我忍不住想掙扎。另一個我則是從斜上方的角度俯視著手術臺上的我。

連麻醉都沒有打啊，快住手！

躺在手術臺上的我著急的聲音響徹腦中，然而無論是哪一個我都沒有辦法逃離這個狀況。兩邊的身體都是連一公分也動彈不得。

手術刀的刀尖毫不受到抵抗地「噗」一聲刺進我身體的同時，我隨著劇烈的疼痛大叫而睜開了眼睛。

醒來之後我做的第一件事情，就是慌慌張張掀開被子把手伸進褲子，確認自己的東西還留在它該有的位置。當上獸醫最初的兩年中，我很頻繁地夢到這樣的夢。即使找父親商量，他也只會說一句「我從來沒有做過那樣的夢，是你神經太細了。」就打發掉我。

想當然，這狀況使得我陷入了失眠的困擾。要是睡著搞不好又會做那個夢，光這樣想就讓我連躺進被子都感到害怕。這樣的狀態持續了三年，就在我感到束手無策而徹底被擊敗的時候，沒想到向兒時玩伴商量起這件事情，卻讓我的惡夢獲得消解了。

「夢到自己的東西被切掉，是嗎？」

「我知道不會有那種事情，但尤其是為公貓公狗去勢完的日子就有很高的機率會做那個夢。動手術的時候我也會感到寒毛直豎，心情靜不下來，甚至擔心自己會不會因此手術失敗。」

「石川，不會有事的。」

「我知道。畢竟那種事情不可能會發生。不知不覺間被人抬上手術臺這種狀況，頂多只有假面騎士才會遇到吧。」

「人類的去勢……呃，我是說輸精管結紮術。聽說那幾乎是無痛手術，而且跟動物不一樣，不會把睪丸拿掉的樣子。」

「是喔？」

「我也是從別的地方聽來的知識，可能不是很正確。不過現在的結紮手術是從皮膚底下把輸精管拿出來，只把那部分切除掉而已。而且麻醉是用沒有針頭的玩意或者塗麻醉膏，應該幾乎無痛吧。所以就算被動了結紮手術也不會感到痛，下面的玩意也會留下來。」

我靠著自己平凡的想像力勉強理解了好友說的這段不知在什麼狀況會派上用場的知識。這男的究竟是從什麼地方聽來這些東西的？至少可以確定不是在牛丼店應該聊的話題。

「就算這樣講，一開始先提起這件事的人是你啊。就算你拿交談情境吐槽我，我也很傷腦筋。我只是想說或許可以幫助你消除心中的不安嘛。」

他說著，把幾乎呈現一整片紅色的牛丼扒進嘴裡。他的牛丼上鋪滿店家自助提供的紅薑。那樣與其說是牛丼，根本就像是紅薑丼配燉牛肉了。

多虧他的雜學知識，讓我從那天之後擺脫了被手術刀切割的惡夢。在這點上我不得不感謝好友的博學。

但取而代之地，我變得每當遇到連續動了好幾次去勢、絕育手術的時候就會被強烈的性慾所苦惱。雖然這並不會被惡夢嚇醒，而且只要自己想辦法處理掉慾望便能解決就是了。

然而有時候就是會無可自拔地渴望感受異性的體溫。

明明剝奪了動物的生殖能力，自己卻進行著不以生小孩為目的的生殖行為。

這種狀況雖然讓人感到滑稽，但所謂的慾望就跟氣球一樣，要是膨脹到極限就會炸開。如果不想炸開，除了洩掉空氣之外我也想不到其他法子。因此我一心不亂地動著我的腰。如此一來就能勉強讓我心中脹大的氣球免於炸掉了。

行為結束後，我和她都呈現大字形躺在床上。

安靜的賓館房間裡迴盪著我們的喘息聲，瀰漫著彼此的汗味。隱約可以聽到雨滴敲打窗戶的聲音，看來在我們不知不覺間屋外下起雨來了。

把視線瞄向旁邊，就能看到短髮沾在臉頰上的她面帶微笑。或許可以解釋作恍惚的表情吧。我輕輕幫她拿掉沾在臉上的頭髮。淡褐色的毛髮毫無疑問是她的東西。

「頭髮？」

「嗯，小PAN的。」

「好熱喔。」

「畢竟剛才動得很激烈嘛。」

「而且外面又下雨，濕氣好重。」

說得也是。我如此回應並尋找床頭控制面板上的除溼功能，卻找不到。於是我只好將空調的旋鈕轉強，讓房間內又多出了另一個聲音。

這女孩總是自嘲自己像隻破貓熊，所以要我叫她PANDA。可是那樣的綽號未免太奇怪，因此我都帶著親近的感覺叫她小PAN。

「運動過後就會想吃甜食呢。」她慵懶地說道。

「甜食？」

「像巧克力蛋糕之類的。」

「嗚哇，感覺口中的水分都會被吸掉啊。」

「因為做愛會消耗全身的能量嘛，吃點紮實的東西不是感覺比較能補充能量？」

「如果要吃我會選擇吃飯。」

「是喔～好想吃巧克力蛋糕喔。」

她哼著鼻歌穿上內衣褲爬下床，坐到彈簧很軟的沙發上盤起雙腿。用手搧著自己的臉，同時用另一隻手靈巧地轉開寶特瓶蓋，把瓶口靠到嘴上。

帶有一點肉的腰部讓她全身的線條顯得平緩，強調出女性的特質。

「石川，你的姿勢不算很好呢。」

她注視著我如此說道。順著眼角往上挑的眼線都被汗水沾糊了。

「畢竟我本來就駝背嘛。」

「你如果站姿好一點應該會看起來更高吧？還有你的脖子也老是會往前伸，感覺很浪費呀。」

確實我的姿勢不是很好。因為小時候被人說我眼神很凶，所以我總會在意這點而低著頭走路。不過脖子往前伸是因為其他理由就是了。

「來，你把背靠到那邊的牆上，矯正一下姿勢。你肩膀應該也很硬吧？」

她忽然撲過來，溫柔地幫我按摩肩膀。

明明剛才那樣緊貼過身體，但一度冷靜下來後我就會忍不住感到心跳。她倒是完全沒有那種感覺，事後反而比較有精神。以前我問過她為什麼，據說是完事之後她會感受到全身充滿生命力的樣子。跟我剛好相反。

我忍耐著快要閉上眼睛的睡意，把彷彿扎了根的腰勉強撐起來，好不容易才把背部靠到牆上。她則是笑瞇瞇地看著那樣的我。真希望她不要那麼仔細觀察一個三十多歲男人只穿一條內褲的身體。我只能稍微用力縮腹，嘗試無謂的抵抗。

「頭也要靠上去。」

「這樣嗎？」

「對對對，頭部、肩膀、腰部、屁股、小腿和腳跟都有靠到牆上，才是正確的姿勢。你肩膀有點縮，稍微加把勁把肩膀也靠到牆上吧。」

於是我挺胸似地用力撐開雙肩，結果平常都沒在用的肌肉受到刺激，光是撐幾秒鐘就開始覺得吃力。背部的骨頭在體內軋軋作響，同時原本放到腹部的注意力變得鬆懈，讓肚子又恢復原本的狀態了。唉，從平常就不能偷懶啊。

「人要是偷懶，身體就會覺得『這樣就好啦』。所以從平常就要隨時注意。不管是慢性的肩痛或腰痛，其實只要平常多注意自己的姿勢就意外可以治好喔。這是生活小常識。」

「那算『小』常識嗎？」

「不只是你喔，大家總是會說這種姿勢不良是職業病。但我覺得明明只要自己多注意就會改善的說。」

這句話刺痛了我的胸口。

「除了工作因素之外，我本來就有低頭的習慣嘛。」

小PAN也不理會我的辯解，忽然抓住我的下巴用力一推。我雖然感到發軟但還是拚命抵抗，卻被她責備為什麼要反抗了。

「你的下巴抬得太高了，再往內縮一點。」

「不，這已經縮到極限啦。」

「才沒有那種事。你不把下巴再往內縮一點就不算正確的姿勢啦。」

她說著，繼續推我的下巴。於是我抓住她的手委婉拒絕，卻被她像咬嘴脣般親了一下。她的牙齒真的咬進我的下脣。明明中心部分覺得痛，周圍的嘴脣卻又輕柔酥軟。

我抓住她的肩膀將她從我身上剝開後，刺人的抗議眼神便朝我盯了過來。明明我的嘴脣都微微滲出血來了，這樣的狀況下卻是我要受到責備，未免太不公平了吧？

「才不會不公平。我有種自己的好意被糟蹋的感覺呀。而且口中還有血的味道。」

「我是嘴脣很痛啊。」

「處罰就是應該伴隨疼痛不是嗎？」

「別講得好像管教寵物一樣，我又不是狗。」

「可是你喜歡被這樣對待吧？我覺得呀，不管男的還是女的都一樣需要管教。之前我看過一幅畫中有個男孩子戴著伊莉莎白頸圈，讓我莫名可以理解呢。有些人就是應該戴那樣的東西。男的也好，女的也好。」

「我也是其中之一嗎？」

彼此彼此吧？她若有深意地如此笑了。揚起的嘴角美豔動人。
「你和除了我以外的人在一起的時候應該就需要吧？要不要我幫你戴？」
「明明我才是幫寵物戴伊莉莎白頸圈的獸醫喔？」
「人類如果戴上那種東西應該很辛苦吧。畢竟人類和動物不一樣，臉部前面會被遮住，沒辦法吃東西也沒辦法喝水啦。」
「是啊。」
「不過對於容易花心的人來講應該是很好的道具吧？」
和她初次見面時，她給人的印象很淡泊。看起來彷彿沒有男朋友，感覺和「戀愛」這個詞距離得相當遙遠。頭髮留得比現在長，身體瘦得像隨隨便便就會被風吹走一樣。
現在的她則是比較有人的感覺了。身材變得比較有點肉，讓人無時無刻都想觸摸那柔軟而有彈性的肌膚。隨著彼此認識得越深，她的表情也逐漸變得開朗，話也變得比較多了。我很喜歡和那樣愛講話的她在一起的時間。
就像我曾經被失眠症所苦一樣，想必她過去也曾經抱有什麼苦惱吧。不過只要讓本來的自己從束縛中解脫出來，就能找回真正的自我，獲得自由。
雖然我本身至今也依然在自問自答，究竟怎樣才叫本來的自己就是了。

日復一日默默從事獸醫的工作，也沒什麼特別的興趣可談，頂多就是每個月讀兩、三本書，偶爾和朋友去釣釣魚而已。當我抱怨自己都找不出生活的價值時，周圍的人曾經建議過我要不要養寵物。但我光是工作就會接觸幾十隻動物了，回到家就算看到自己養的貓狗，也不會為我的心靈帶來什麼療癒。

成為獸醫之前，我養過一隻大丹犬。是我三歲時祖母送給我的母狗，叫小花。有一次在散步途中，牠被一輛轉彎不及而犁田的機車壓在底下。據說小花當時是為了保護我母親而挺身當肉盾的。當我從高中回來的時候，只看到小花躺在一個箱子裡。父親說他能做的事情都做了，但小花的內臟損傷實在太嚴重，而且當時已經是隻老狗的牠沒有體力撐過手術。

如同兄妹般一同長大的小花的死，在我心中留下了很深的傷口。然而看著牠動也不動的模樣，讓我下定決心要成為一名什麼動物都能拯救的獸醫……如果我能講得這麼肯定就好了，但其實我成為獸醫只是因為沒有其他想當的職業、想做的事情而已。只要讀書加把勁考到執照，我的將來就等於高枕無憂。小花的死頂多只是契機之一，我實際上只不過是隨波逐流地決定成為一名獸醫罷了。

我和小ＰＡＮ是透過好友介紹而認識的。起初我們都會三個人一起去吃飯，但漸漸地變得會兩人相約見面，後來成為了會在賓館親密接觸的關係。

只會循著別人鋪好的路走的我，從來沒有想像過自己居然會經由這樣的發展和女性發生關係。回頭想想，人生真的是難以預料。

當她第一次約我的時候，我也曾受過良心的苛責。小小的蟋蟀吉明尼出現在我眼前，用傘戳著我的小腿說道：

「你真的不會後悔嗎？」

雖然被沙啞的聲音這樣詢問，讓我有種自己變成小木偶皮諾丘的感覺，但我就算撒了謊鼻子也不會變長，也不會渴望成為人類，想必也不會受騙上當變成驢子吧。我根本沒有義務要聽一隻像豌豆一樣小的蟋蟀大叔囉嗦什麼。

「話說，你還是把下巴縮進去，姿勢會看起來比較好喔。」

吃著透過客房服務叫來乾癟癟的冷凍披薩如此說道的她，又在那張不管看幾次都讓人覺得很沒品味的沙發上盤起雙腿。於是我抱怨一句「妳那樣坐姿不端莊」並且把T恤抓起來丟給她，結果T恤卻輕飄飄地畫出一道拋物線掉到地板上。按照我的計算應該會落到沙發上的說，看來我手滑了。

我本來以為她會生氣，但她卻只是咬著披薩的外圈餅皮把T恤撿起來，笑著說了一句「都皺掉了」。她明明身體從頭到腳都那麼漂亮，很多時候卻意外地不拘小節，這點很討人喜歡。

「妳是不是O型的？」

「嗯？為什麼現在才忽然問這種事？」

她咬著餅皮把自己的T恤穿上。

「因為妳有時候感覺很馬馬虎虎嘛。」

「虧你是個醫生，居然認為O型的人全都很馬虎嗎？你認真的？小心被不馬虎的O型揍喔。」

我講那話並沒有什麼惡意的說。真傷腦筋。

「我是A型。看起來馬馬虎虎的但是是A型。我如果在家也意外很能幹喔，每天都會打掃房間，也會煮飯，如果心情好一點甚至連玄關都會擦得乾乾淨淨呢。」

就算列舉出這些最基本的事情我也很難表示同意。像她現在就用T恤在擦自己抓過披薩的手，於是我無奈地遞出了濕紙巾。

「謝謝。言歸正傳呀，下巴抬起來會讓臉看起來比較大。縮下巴可以達到小臉效果，所以你把下巴縮進去絕對比較好啦。」

「……妳今天是不讓我把下巴縮進去就不放我回家是嗎？我剛才被妳咬過的嘴唇還在痛的說。」

「要不要吃披薩？吃了東西肯定會好得比較快喔。」

「嘴巴有破洞的狀態下吃那種塗了番茄醬又涼又硬的披薩，完全是自討苦吃，所以免了。」

「什麼嘛。」

然後呢？你試試看嘛。小ＰＡＮ說著，又爬過來纏住我的身體。從Ｔ恤底下毫無防備地伸出來的美腿害我差點把持不住，但剛好就在這時傳來的打雷聲讓我又回過神來了。

「好、好啦，我老實招供就是了。我其實對於自己沒下巴的事情感到很自卑，所以要是跟大家一樣把下巴縮進去，我的下巴就會不見啊。」

「啥？」

「我是說，我沒下巴，所以下巴會不見啦。」

「不不不，這不就是下巴嗎？」

她說著又抓住了我的下巴。我確實有足夠可以抓住的下巴，但是比起一般人短很多。從下巴前端到頸部的深度遠比一般人短。這點就跟很凶的眼神一樣，是我從小感到自卑的部分。據爸媽說，我還是嬰兒的時候，有一次跌倒結果下巴用力撞到桌子的樣子。雖然我不清楚那是不是真正的原因，不過在家族中確實就只有我的下巴特別短。

「我的下巴不像妳長得那麼好看啊。」

「會嗎？我從來沒有在意過喔。」

所以拜託，站著縮一次看看嘛。她如此說著，纏著我要求起來。只要一次，只要乖乖聽她的話一次，她就願意從這個下巴議題中放過我了嗎？

「我會放過你啦。所以拜託，一次就好。」

真沒轍。我不禁在心中豎起白旗，聽她的話乖乖把背靠到牆上，緩緩縮起下巴。她的眼睛注視著我的下巴前端，眼皮眨也不眨一下。被她這樣盯著看，我頓時有種頭皮噴出汗水的感覺。沒想到被人看著自己滑稽的模樣是如此尷尬的事情。

當我把下巴縮到她所謂正確的位置時，從她口中冒出來的卻是困惑的聲音。

「石川，你為什麼要哭？」

我緩緩縮著下巴的同時，眼眶竟流出了淚水。難道是我對於沒下巴的自卑心造成的心痛無法好好處理的緣故嗎？一個大男人居然哭得這麼難看。

「呃……對不起……原來你那麼討厭這樣做嗎？」

「不是討厭。應該是我自己太在意了。」

「是我過度勉強你了對不對?我跟你道歉……所以你別哭了好嗎?」
小PAN伸手用拇指輕輕幫我擦掉淚水。從她的指尖還可以聞到些許披薩的味道。
她接著用手臂繞住我絕不算瘦的腰部，把身體靠近我。
「畢竟誰都會有不想被人戳到的部分。對不起，我都沒注意到。」
我雖然嘴上說著沒有關係，但模糊的視野還是讓我感到不知如何是好，於是我把臉埋進她的秀髮中。甘甜的洗髮精香味頓時包覆我的臉。我為了享受那股香氣而深吸一口氣，準備閉起眼睛的時候，在我的眼皮闔上之前，眼前就忽然變得一片黑暗。
「停電、嗎?」
她抱著我的力道變得比剛才更緊，於是我也輕輕抱住了她。
「大概是停電了吧。」
「……石川，你還好嗎?」
「我已經不要緊了啦。我也不是在生氣啊。」
「可是……」
雷聲又再度傳來。屋外似乎下著大雨的樣子。雨聲也變得比剛才更大了。

「應該是打雷造成的停電吧。小PAN妳還好嗎?」

「……嗯。」

我問她這下要怎麼辦,但她沒有回答,只是把臉埋到我的胸口默默不語。也許她害怕打雷吧。或者是嘴上雖然說還好但其實害怕黑暗。也有女生是這兩種都害怕的。我就像在安撫小孩子般輕輕拍她的背,結果我的胸口處隱約感受到些許的熱與溼氣。她抱著我的手臂變得更加用力,而且似乎微微在發抖。

「……我沒有在哭。我沒事。」

既然被她這樣說,就算她的身體再怎麼顫抖,就算混雜著雨聲可以聽到她的哽咽,我也只能當作自己抱在懷中的女孩沒有在哭。

「不知道電燈什麼時候會亮呢。」

賓館房間應該也有準備手電筒,但我不知道放在哪裡。我也記得手機應該就放在旁邊的桌子上,可是那桌上還有披薩和裝了可樂的杯子。在眼睛看不見的狀況下萬一打翻飲料讓手機泡水可就不妙了。像這種時候,安安分分別亂動才是最好的選擇。

她的身體依然微微顫抖著。

「我小時候啊,很喜歡躲到壁櫥裡。」

小ＰＡＮ沒有回應。雖然我不清楚她是為什麼在哭，但我覺得講點什麼話或許可以讓她轉移注意力，於是述說起自己過去的回憶。

還沒上小學之前，我因為喜歡哆啦Ａ夢，而經常躲進祖母生前住的房間牆上的壁櫥中。當時的我把來客用的棉被搬到遺物已經徹底整理掉而空無一物的壁櫥裡，另外把祖母愛用的彩色玻璃燈、糖果點心、書和遊戲機都拿到裡面，將那個櫥櫃當成了只屬於自己的祕密基地。

雖然因為我有從壁櫥拉門外面拉延長線到裡面點燈，所以裡面並非完全一片黑暗，不過從拉門縫隙間微微透進來的光線也曾經是讓我幼小的心靈感受到興奮的景象之一。

祖母用過的那盞彩色玻璃燈是我因為喜歡而從她的遺物中要來的東西。只要在一片黑漆漆的壁櫥中點亮那盞燈，五顏六色的燈光就會充滿那小小的空間，感覺有如身處童話故事的世界。雖然剛開始是因為羨慕哆啦Ａ夢，但我覺得那空間其實遠比哆啦Ａ夢的壁櫥要高級得多了，鋪的棉被也是上等的羽絨棉被啊。

在那樣的燈光中，我有時候也會想像自己讀過的故事的後續發展。剛好那時候我迷上格林童話，不是為了給小孩看而改編得比較淡化的版本，而是放在我家的一本給大人看的舊版本格林童話。

裡面有像是白雪公主讓自己的母親穿上火燙的鞋子不斷跳舞的情節，和我年紀更小的時候聽過的故事結局完全不一樣。啊啊，原來世界上也有像這樣只是自己不知道而已，但其實為了某種目的被人改變過的事情啊。當時還是個小孩子的我卻抱著這樣的感想在讀格林童話呢。

有一天，當我在讀糖果屋的故事時，忽然覺得壁櫥外面好像不太對勁。明明那時間大家應該都在醫院，家裡不會有人才對，可是從拉門外卻傳來某種像是在翻找東西的聲音。

我以為是忽然有魔女現身要把我抓走，當場著急起來。害怕的我想了又想，最後決定把燈關掉了。結果關燈時「喀嚓！」的聲響意外大聲，害我嚇得捏了一把冷汗，不過外面的人似乎沒有聽到那聲音，讓我鬆了一口氣坐回原本的位置。可是很不巧地有一包餅乾就放在我坐下的地方，我的屁股就「啪哩啪哩！」地壓碎餅乾發出了聲響。

外面的聲音立刻停下來，接著便傳來漸漸靠近的腳步聲。就在我覺得自己已經完蛋而把頭埋到被子裡全身發抖的時候，壁櫥的拉門被稍微拉開了。一道光線照進黑暗的壁櫥中，同時傳來似乎在聞什麼味道的奇怪聲音。該怎麼辦該怎麼辦？我害怕得不斷發抖，接著某種濕黏而帶有溫度的東西觸碰到我的手臂。我嚇得大叫一聲並全身彈起來，卻發現原來那只是我家養的狗……其實正常來想，既然家裡有養狗應該就會知道是這麼一回事才對的，可是當時我的腦袋已經完全沉浸在格林童話的世界中，絲毫沒有想到是小花在找我啊。

「原來你有養狗？」

「雖然很久以前就過世了。」

「這樣喔。」

「每次遇到很暗的狀況時，我就會回想起那件事情。」

「我遇到一片黑暗的時候，總是只會想起討厭的事情，而且會有種自己的手腳漸漸變腫變大的感覺。你有過這樣的感覺嗎？」

在黑暗中她緊抓著我，將臉頰貼在我胸口上如此小聲呢喃。

「不，我是沒有啦。」

「我想也是……雖然並不會因為這樣造成什麼困擾，但我總會有一種忽然只有自己不斷膨脹的感覺，擔心自己再這樣下去會不會變成一隻怪物。所以我討厭黑夜，也討厭黑暗的地方。」

「現在也是？」

「聽完你的話稍微好一點了。」

「是嗎？那就好。」

「我老家也有養貓，總是會在家裡到處找我，很可愛呢。不管我在什麼地方，牠都會待在可以看見我的位置。彷彿在向我主張『我在這裡呦』一樣。還會全身慵懶地躺下來，就像在說『妳隨時都可以摸我喔』這樣。」

「那肯定很可愛吧。」

「嗯，很可愛。雖然牠並不是只對我那樣，對我家人還有我男友也一樣就是了。所以我有時候也會吃醋，希望牠多黏我一點。」

我男友。對我男友也一樣。

雖然我有時候差點會忘記，但小PAN並不是我的女朋友。

她有她的男友，而且我知道她男友是跟她認真在交往的。

「我們坐在沙發上的時候，牠就會躺到我們中間。那毫無防備的模樣超可愛的。」

在我的懷中，不屬於我的她笑了起來。

「那真是太好了。畢竟被寵物撒嬌是很讓人開心的事情。」

「你已經不養寵物了嗎？」

「我的狀況是要照顧醫院的那些孩子們，而且也有寄養在醫院等待認養的孩子，所以跟養寵物也很像啦。」
「那些動物們會黏你嗎？」
「要像對飼主那麼黏應該很難吧。」
畢竟我們的工作是治療動物們的傷口或疾病，然後讓牠們回到原本的家。
「那樣不會寂寞嗎？」
「當然會寂寞啊。不過只要傷口治好了就會離開醫院，這也是沒辦法的事情。」
「傷口呀。」
「妳有一天也會對我感到膩而離開我吧。」
「為什麼？」
「因為我們並沒有在交往，只是彼此方便的關係而已不是嗎？想抱的時候抱，想被抱的時候被抱。像今天也是因為我想做愛所以把妳約出來，然後兩個人就到這地方了。這就跟互相緊急治療對方的傷口感覺是一樣的啊。」
「你在生氣？」
「為什麼？為什麼我要生氣才行？」
「我不知道，可是你不要拿我出氣嘛。」
「我才沒有在出氣。」

「但你在生氣。」

「妳到底希望我怎樣？」

「什麼希望你怎樣，那種事情我一開始就說過了吧？」

「對，確實是那樣。因為妳男朋友做愛技術很差，無藥可救，所以妳就跟我睡了。」

「不要講得那麼難聽呀。雖然我們的確是因為那樣的理由而變成這種關係的……」

「妳只是喜歡跟我做愛而已，並不是喜歡我對吧？」

「拜託，你不要讓我傷腦筋。不要生氣嘛。這是從一開始就知道的事情，而且我們也是彼此都很清楚這點而成為這種關係的不是嗎？現在卻單方面責怪我也不公平呀。」

「如果妳想做，我會很樂意。因為我也很喜歡跟妳做。但每次做完之後就會覺得很空虛啊。」

就算一時獲得滿足，隨後而來的空洞也未免太大了。不管經驗過幾次都讓我不知所措。無論我對她再怎麼好，她最後都會輕易從我手中消失。感到寂寞的都是我。

「我喜歡妳。」
「我就說我沒辦法回應你那份心意。」
「我們的身體也很契合啊。妳和我在一起很輕鬆吧？」
「這和那是兩回事。我們之間是建立在合理性之上的關係不是嗎？想做的時候一起做，是炮友呀。當然我也喜歡你，但那是當成朋友的喜歡。你不要會錯意了。」
「那我到底該怎麼做？」
「我知道這樣講很任性，但我希望保持現在的關係。可是……」
「事情也沒那麼簡單了？」
「最近我們每次見面都要講到這件事，就算是我也覺得累啦。」
「我也很累。」
「……乾脆結束吧。」
「不要。」
「你別每次都像個小孩一樣呀。」
我在黑暗中尋找她的臉蛋。為了避免不小心傷害到她的臉，小心翼翼地。當我的指尖觸碰到她的臉頰，可以感受到她害怕地躲了一下。但我不以為意，將手放到她美麗的下巴並親吻她的嘴。她總是應該會微微張開的嘴脣這次卻緊閉著。為了鬆開那道鎖，我一次又一次地親吻。

不管我怎麼傳達自己的好意，不管我們交融過幾次，不管在她深處高潮過幾次，難道一切都依然維持現狀不會改變嗎？

她鬆開嘴脣，於是我把舌頭滑進她柔軟的雙脣之間，她的舌頭總算纏了上來。由於我每次都是睜開著眼睛欣賞她是用什麼樣的表情接吻，所以現在沒有視覺情報的親吻讓我感到很新鮮。注意力漸漸只集中到舌頭上。中途偶爾吐露的氣息，滾燙的舌頭配合著彼此的動作不斷改變軟硬與形狀。

就在我們接連親吻了好幾次後，眼前忽然變得明亮。刺眼的光線讓我沒辦法繼續睜開眼睛，而就在準備閉起眼皮的瞬間，我看到了她的嘴脣周圍沾滿唾液。

「石川。」

在柔和的聲音引導下，我微微張開眼皮。

抓著我的身體，抬起眼珠看向我的她簡直就像一隻貓咪。

「……你又想做了？」

在接吻的途中，我的東西又脹大了。

「我們來場和解吧。」

「你想做對不對？」

我緩緩地、很紳士地將她帶到床上。溫柔地脫掉她的T恤，從頸部一路愛撫她裸露出來的肌膚。她感覺並不抵抗地扭動身體，於是我支撐著她的身子讓她躺了下去。

「妳好美，真的。」

「才沒有那種事。」

我親吻著她胸罩與內褲之間細長的肚臍，將舌頭滑進肚臍孔。她壓著我的頭說好癢，但我沒有停下動作。

我的舌頭接著從肚臍一路往下，就在嘴唇觸碰到包覆她下腹部的內褲時，又抬起頭注視著她。

「不繼續嗎？」

「在繼續前，我想先告訴妳一件事。」

「什麼事？」

我撫摸著她的下腹部。在間接燈光的照明下，她的腹部有如被蛞蝓爬過般留下我的唾液痕跡，反射光澤。

「我之前總是會夢到自己被去勢的夢。」

「那是什麼?好恐怖。」

「對，很恐怖。又痛、又可怕，我每次都是在大叫中醒來。尤其幫動物做完去勢或絕育手術的日子就會有很高的機率會做那個夢。不過現在已經改善就是了。」

那真是太好了。她說著，撫摸我的臉頰。

她的下腹部依舊反射著光澤。我輕輕把手指放到上面，稍微用力往下壓。

「但我現在卻變成動完手術的日子，性慾就會莫名地強烈。」

指尖緩緩陷入柔軟的肌膚。

她的視線不再朝著我，而是朝向我放在她下腹部的手指。我叫她看著我，結果她露出困惑的眼神望向我了。

「對於妳跟男朋友以外的對象睡過的事情，還有妳和很多人抱有關係的事情，我都不會責怪，但我還是會忍不住希望妳成為只屬於我的東西。妳知道格林童話中有篇叫藍鬍子的故事嗎?應該不知道吧。藍鬍子會給他夫人的下半身戴上一種叫貞操帶的東西。貞操帶下面有裝利刃，如果有男人想把自己的東西插進去就會被割得血淋淋，很殘酷。不過我好喜歡妳，所以如果現代也有那樣的東西，我恨不得給妳戴上呢。」

小PAN也不知道有沒有在聽我講話，「好痛！」地哀嚎起來。但我依然騎在她身上，用另一隻手摀住她的嘴巴。

「安靜聽我說。」

她立刻用力點了好幾下頭。真是好女孩。

「我在想，那究竟該怎麼辦才好。人類的男性中也有極少數的人會接受去勢手術，叫作輸精管結紮術。女性的狀況又是如何呢？我想應該也有因為疾病不得不去勢的人吧，不過現在先不講那種事，畢竟會模糊論點。我在做的時候，總是會想像如果把妳的肚子剖開會怎樣。剖開這裡。」

我說著，把放在她下腹部的手用力往下戳，結果她就像受到管教的小狗般哀號了一聲。我摀著她嘴巴的手順勢鬆開，她接著便罵了我一句「爛人！簡直不敢相信！」並吐我口水。

「我不會真的那麼做啦。只是想像而已。」

「根本是變態。」

「彼此彼此吧。」

「哪裡叫彼此彼此？」

「妳還不是跟自己男友的好朋友上床？那同樣是很變態的行為喔。要是我告狀怎麼辦？」

「你才不敢做那種事情。」

「誰曉得？如果我說自己是被妳糾纏所以不得不答應的，妳覺得他會相信誰？」

「當然是相信我了。」

「真的嗎？他知道妳跟其他人也有關係嗎？」

「就算知道，反正不是肉體關係，我才沒有做虧心事。」

「但他知道了還是不會高興吧。」

小PAN陷入沉默。頭髮垂下來遮住了她的表情。大概是無從反駁了。

「妳錯就錯在什麼事情都告訴了我。」

「……為什麼要講那種話？」

我不帶感情地看著被她越抓越皺的床單。在我心中的天使與惡魔似乎都不知消失到哪裡去了。我感覺自己的身體莫名輕盈，有如躲在那個壁櫥中一樣心情舒適。

「我本來覺得你應該是個可以無所不談的朋友。」

「這代表跟朋友之間發生肉體關係不是一件好事呢。但不管妳做了什麼，我都一樣喜歡妳。所以說，到我身邊來吧。」

「……或許你以為自己什麼都知道，但其實你不曉得的事情還多的是。不要自以為是地用自己的理想隨便胡扯。」

她不屑地如此說道後，把我剛才幫她溫柔脫掉的T恤以及掉在地板上的牛仔褲都穿上，抓起包包準備離開房間。

「妳要回去了？」

她停下腳步。

「……」

「吶，是我錯了！對不起，我講了那麼過分的話啦。」

「……」

「妳別生氣了嘛！」

「……我雖然見過很多男人，但果然大家都是一個樣。只有肉體像個大人，精神卻沒有跟著成長。那樣只會讓人覺得可笑呀……我自己也太笨了。」

「……」

「不過呀，石川。你這下成為了我心目中的第一名，感到自豪吧。」

「什麼第一名？」

「第一討厭的男人。」

我第一喜歡的女性如此說道，用笑臉豎起中指，離去了。房間中還殘留著她洗髮精的香氣。

她細緻的中指上塗有美麗的指甲油。感覺很受男性喜歡的淡粉紅色指甲油。指甲也修得整整齊齊，也沒有任何肉刺。被那樣漂亮的手指如此侮辱，我不禁打從心底想著：

謝謝妳。

3

小憂

「今天要去哪裡呢？」

年紀比我小了一輪以上的女孩子看著我的臉如此詢問。

▽妳有想去的店嗎？

我訂好餐廳了。

妳肚子有多餓？

三個選項浮現在我腦中。一條白線伸出來把這些選項圍起來的樣子簡直就像遊戲畫面中的文字欄。而且在選項旁邊還不忘加上閃爍的游標。這個畫面登場後，我便輕輕拿起腦中的遊戲手把，操作看不見的十字鍵。

「妳肚子有多餓？」

「人家現在在減肥，所以如果是分量比較少的地方我會很高興喔。」

「那今天就去量比較少的店吧。」

她立刻「好耶」地歡呼一聲，很自然地把自己的手摟到我的手臂上。我腦內的畫面中，文字欄繼續進行著。看來我沒有選錯選項的樣子。只要選到正確選項，劇情就會往好的方向發展。

這女孩叫小薰，我想應該是假名。看在旁人眼中，我們或許像一對老少配情侶吧。但我和她其實並不是情侶，是爸爸與爸爸活女子的關係。我之所以能夠像這樣與一名年輕女孩摟著手臂走在夜晚的新宿街上，是因為我們之間是靠金錢建立的關係。

小薰是個典型的爸爸活女子。二十歲出頭，學生。化的妝是偏濃的粉紅系，眨眼的時候總讓我覺得她眼影的亮粉都要撒下來了。明明淡妝比較可以凸顯她本身的美貌，為什麼要刻意把自己的臉塗得像不同人呢？或許她的眼睛和我的眼睛看到的實像不一樣吧。小薰看向我的臉時總會抬起她那對大得有點誇張的眼睛，結果讓她戴的角膜變色片些許移位。這點老是讓我不禁好奇，她在變色片移位的時候看到的景象究竟是什麼感覺而無法專心。

她每次帶的包包都是名牌貨，對於地位象徵和金錢很敏銳。像這樣的女孩通常會有很多爸爸。而她喜歡的是我身為服飾業公司老闆的頭銜。

今天我們比較早碰面，因此吃完飯後她大概會說想去伊勢丹逛逛吧。畢竟快要換季了，她應該會想要新的化妝品。她總是會纏著要我買化妝品，而我已經不知道買過多少給她了。明明人類只有一張臉、兩片眼皮、一對嘴唇，為什麼女孩子會想要那麼多裝飾臉部的東西？男人難以理解的事情實在太多了。

在小聲播放著爵士樂的餐廳內，柔和的燈光下，我們面對面看著菜單。她說她只想吃卡布里沙拉、醋醃蔬菜或蔬食沙拉之類真的分量很少的餐點。這家餐廳的菜單是以適合搭配紅酒的開胃菜為主。

每次當小薰說她在減肥、想吃分量少一點的時候，約會前或後絕對還會另有行程安排。爸爸活女子和爸爸見面時多半會用餐。而一天如果吃兩頓晚餐，就算是男人也會覺得難受。因此當我發現這點之後，就一直都讓自己當個聽從女孩子的意見挑選餐廳的好爸爸了。

我猜她接下來的行程應該是跟我到伊勢丹，讓我買化妝品給她，然後去跟另一位爸爸見面。現在時間是下午五點，吃頓飯應該花不到一個半小時。假設買完化妝品後道別的時間是七點半，就算再約一攤八點在新宿碰頭，也能有足夠的時間輕鬆赴約。

我將視線從菜單上抬起來。小薰的周圍還是老樣子，像遊戲畫面般浮現著白色的外框。畫面彷彿定格，在等待我下一句話的樣子。

「今天約的時間還真早啊。」

「因為人家想說吃完飯去買個東西。」

果然不出我所料。

「妳有什麼想買的東西嗎？」

這句「有什麼想買的東西？」絕對不包含「要不要我買給妳？」的意義在內。延長聊天內容，讓對方心中懷抱著我可能會買給她的期待是很重要的訣竅。

「最近出了新的化妝品，我想去看一看。」

「去哪裡？」

「伊勢丹。」

「那剛好就在這附近呢。」

對話內容只要我按下腦內的○鍵就會自動進行下去。我甚至有種自己已經反覆過好幾次同樣對話的感覺。

「星野先生等一下有時間嗎～？」

女孩向我如此詢問的同時，我眼前的畫面切換了。出現的選項每次都是三個，然後我從中選擇自己認為是正確的一項。

▽抱歉，我今天很忙。

有是有啊。

要不要我陪妳一起去？

這三個選項浮現在我腦中。如果我主動提議陪她一起去，她應該會感到高興吧。但有時候刻意拐彎抹角也是必要的。尤其像她這種為了滿足物質慾望而從事爸爸活的典型女孩子，如果都只給她嘗甜頭會讓她得意忘形。把花蜜吸光的蜜蜂就會飛到別的花朵上。不過對小薰的攻略已經只剩時間的問題了。

我進一步預測接下來的幾步棋，決定選擇回答她「有是有啊」。結果她就抬起眼珠歪著小腦袋，用撒嬌的聲音「可以陪人家一起去嗎？」地向我要求起來。角膜變色片又移位了。

「一個大叔到化妝品專櫃會很突兀吧。」

「之前也都沒那種感覺呀。星野先生還很年輕的。」

小薰說著，把放在桌上的雙手舉起來握在一起，抬起眼珠對我一笑。變色片又移位了。這是她的習慣，只要拜託什麼事情的時候就一定會擺出這個動作。

用完餐後，我們當作是飯後散步來到了伊勢丹。小薰在用餐的時候也不斷秀各種化妝品的圖片給我看，這個也可愛、那個也可愛地向我說明。據說因為通通都很可愛，所以她遲遲無法從中只挑一件的樣子。

「買那麼多化妝品應該也會有根本用不到的東西吧？」我如此問她後，她便回了我「就跟男人會蒐集袖扣或是用各種領帶打扮自己是一樣的呀。」這樣一句話。既然那樣說，真希望她偶爾也送我禮物呢。

化妝品賣場的燈光明亮，整個樓層都顯得亮白。這是因為在強光照耀下比較可以掩飾皮膚的粗糙，但這化妝品賣場特有的亮光讓我有種像閃光彈的感覺，忍不住瞇起眼睛。

小薰拉著我的手，毫不猶豫地走進 JILL STUART 的專櫃。裡頭的一個個櫃子都裝飾得很奢華，有如珠寶盒。整體店面設計感覺就是女孩子會喜歡的調調。在這間以粉紅色為基礎色、模仿城堡房間的店內，像我這樣的男性就會感到很不自在。

小薰剛才給我看過的化妝品被恭恭敬敬地展示在店內最醒目的地方。而她彷彿已經忘了我的存在似地，變得只顧著從中挑選想要的唇蜜，把試用品一色一色地塗到自己手背上。轉眼間她的手上就塗滿了各種鮮豔的色彩。女性在化妝品賣場的這種行為我已經不知看過幾次。不知不覺間，連我都對化妝品越來越熟了。

「原來現在的口紅不是只有紅色，還有這麼多種顏色啊。」

我把雙手揹在身後，用好像不是很感興趣的口氣如此說道。

「對呀。這個是塗在普通的唇膏上會讓顏色變得帶點藍色調，還有像綠色或紫色之類通常會覺得『居然用這種顏色？』的東西也是，只要疊在一起、混在一起就會變得很可愛。所以人家很猶豫呢。」

上次我去買禮物給另一個女孩子時，美妝師也說過跟小薰現在講的一模一樣的話。

猶豫著該買哪個的小薰手中，握著晶透水潤的薔薇色唇蜜與添加了許多星星般亮粉的草莓牛奶色唇蜜。當她問我「哪個比較好？」的時候，握著薔薇色唇蜜的右手放得比較靠近她的身體。也就是說，那才是她最想要的顏色吧。因此這次根本不需要選擇選項，在我腦中的文字直接進行了下去。

「我覺得妳右手那個紅色的比較適合妳。」

「果然你也這麼覺得嗎?這顏色好有透明感，很可愛呢。那我就挑這個吧。」

她放下試用品，準備拿起商品。

「不過妳兩邊都想要對吧?我兩個都買給妳。」

那樣太不好意思了啦。小薰如此說道，聲調比平常尖細的聲音要顯得冷靜許多，聽起來是她發自內心的想法。

「今天我也過得很開心，所以當作是回禮吧。」

聽到我這句話，她注視著她想買的唇蜜。

「那……我就恭敬不如從命了。但真的只要買一個就好囉。」

正確答案清楚易懂的女孩子對應起來就很輕鬆。我曾經有一段時期沉溺於特種行業的女孩們。她們雖然是砸越多錢就會表現得越開心，但缺乏遊戲性。當然從事爸爸活的女孩子們也是很明顯地對金錢或禮物沒什麼抵抗力，不過和特種行業不同的是像挑選餐廳、約定見面之類的過程跟戀愛模擬遊戲很相似。這跟把酒店小姐帶出場又不太一樣，好處是給人更加貼近日常生活的現實感。不過我的目的絕非想要跟這些女孩們交往。她們有非常明顯易懂的感情按鈕，就像遙控器一樣，上面寫有喜怒哀樂的按鈕。我只是想要享受從選項中選到正確按鈕時的樂趣罷了。如我所想地與女孩子進行對話，將遊戲發展到結局。

然後今天，我又迎接了一個結局。

小薰提著小小的化妝品紙袋，搖曳著輕飄飄的裙襬走在新宿的霓虹燈光中，時而回頭的模樣有如電影中的一幕。

臨別之際，我一如往常地從胸前口袋掏出裝有三萬元的美樂蒂圖案小紅包袋。

「我今天也過得很開心喔。」

我說著，準備把這次的零用錢遞給她的時候，她卻把我的手推了回來。

「今天沒關係。」

小薰用剛剛才買給她的化妝品紙袋遮著臉，小聲對我說了一句「畢竟今天不但讓你請客，還買了這個給我。」但那聲音幾乎被車站前的吵雜聲掩蓋，於是我又回問了一下後……

「我今天也過得很開心，所以不用給錢沒關係。」

她稍微舉起小小的紙袋，對我道謝後，小跑步向車站的方向離去。她的背影消失在人群之中。我不禁擺出小小的勝利動作。

在爸爸活的過程中我所設定的終點，就是讓女孩子說不用給錢。在唯有透過金錢建立的關係中，讓女孩子主動改變想法。這個瞬間對我來說就是最棒的結局了。

我這個人從小就不太善於面對女性。她們性情細膩，必須小心對待，可是過於小心翼翼又會被嫌不夠乾脆。

就在中學的時候，我接觸到所謂的戀愛模擬遊戲。

遊戲的舞臺多半是學校。班上的班花、運動全能的女生、文靜的文藝少女，和各式各樣的女孩子們享受校園生活的同時進行戀愛。雖然就只是這樣的內容，但對於當時的我來說毫無疑問是劃時代的遊戲。

和心儀的女孩勤於見面，提升親密度。雖然剛開始都是一成不變的文章，不過滿足了幾項條件後就會出現選項，而對方的親密度會根據選擇的選項產生變化。選項必定有三個，分別會提升親密度、沒有變化或降低親密度，因此必須慎重選擇。

舉例來講，當對方問說要不要一起在教室吃便當的時候……

▽好啊。

抱歉。

有其他更好的地方喔。

這樣的三個選項就會出現在畫面上。想要跟喜歡的女孩子一起吃飯的我會選擇「好啊」的選項，但根據攻略角色不同，這樣的選擇有時候正確有時候卻不然。如果是希望被男方主導的角色，直接聽從她的建議就是NG。另外也會有角色是必須拒絕，刻意先拉開一段距離才行。

當時的我被如此各式各樣的女孩個性所吸引，著迷於遊戲之中。接觸得越深入，我就越明白女孩子們有不同的特徵，而且只要熟知這些特徵就必定可以發展到結局。然後，我開始在想這些技巧是不是也可以應用到現實世界。

上高中之前，我玩遍了當時發售的戀愛模擬遊戲，在腦中自認為已經成為了戀愛高手。然而在現實中與同班同學之間，甚至連進行對話都有問題的狀況卻遲遲沒有得到改善。

後來高中一年級的時候，我迷上了一位有著飄逸的黑髮、名叫柴田美咲的同班同學。那是我的初戀。她就像是從遊戲世界中冒出來的人物一樣，擁有壓倒性的女主角要素。有一對又大又黑的眼睛，笑的時候酒窩比任何人都可愛。在入學典禮上和她邂逅時，我抱著「透過遊戲訓練出來的各種技巧，若不現在發揮又更待何時」的想法激勵自己，為了克服至今失敗的經歷而決定勇敢面對那女孩。在遊戲中我可是身經百戰，所以在現實中也肯定能夠順利。如此幹勁十足的我，卻在準備上前攀談時，腦中還來不及想到對話的契機，她就穿過了我的眼前。

現實和遊戲完全不一樣。遊戲中的女孩子會主動來跟我講話，而且內容都是固定的。身為男主角的我不需要思考什麼契機，遊戲程式就會自動讓我講話。

我後來透過日復一日的調查，知道了柴田美咲午休時並不是在教室用餐而是到學生餐廳，而且喜歡吃的餐點是每日特餐的拿坡里義大利麵。於是我鎖定餐廳會出拿坡里義大利麵的日子，靜待向她攀談的機會。

然後就在機會到來的那天，柴田美咲與朋友一起進到學生餐廳的時候，我上前搭話說了一句：「妳吃過了嗎？」

「什麼？」

雖然是同班同學但幾乎沒講過話的我們之間，當場時間停了一瞬間。但那並不是一段新的戀曲即將開始的時間停止方式，而是講的話不通造成的思考延遲。

簡短如此回問我的她，眼神有如看著什麼可疑人物。

「呃、我、我是說、妳吃過飯了嗎？」

「我現在正準備要吃。」

「是喔。」

我們的對話就這麼結束了。柴田美咲跟她的朋友輕輕笑著走向餐廳櫃檯排隊。

明明如果是遊戲，只要按下按鈕對話就會進行下去的。可是那時候我手中並沒有可以按按鈕的遊戲手把。

回家後，我重新檢討了自己在對話上該反省的地方。首先，略過受詞就是一個問題。由於我當時在腦中先入為主認為她是來吃飯，結果就省略了一切步驟直接問她是不是吃過了。而且只要稍微想想就知道，我上前搭話時，她是午休時間才剛開始的時候走進餐廳，怎麼想都不可能已經吃過飯了。

我就像訂正遊戲的錯誤選擇一樣，把這次該反省的部分一一記錄在筆記本中。

在下次的機會到來前，我為了不要重蹈第一次的覆轍而進行了萬全的準備。列出能夠從天氣聊開的各種話題，將透過ＹＥＳ與ＮＯ分支的對話發展建構成一套金字塔型的程式流程並輸入到我腦中。到了隔週，我再次向柴田美咲搭話了。

「今天天氣真好呢。」

「是呀。」

她雖然一時感到困惑，但還是如此回應我。

「妳喜歡什麼樣的天氣？」

「晴天。」

「我也是。下雨天果然讓妳討厭嗎？」

「呃，是呀。」

「我也是。那麼下雨時的氣味呢？」

當我問到這邊，她臉上露出懷疑的表情，問我這些究竟是什麼質問。

「質問？我只是想跟妳聊聊而已。」

「那總覺得……有點恐怖。」

她說著，小跑步離我遠去。看著她漸行漸遠的背影，當時的我不知為何並沒有感到放棄。我的腦中再度分析起這次的失誤究竟在什麼地方。

即使到了四十五歲的現在，我那樣的分析行為依然持續著。只要是見過面的女孩子，我都會從個人基本資料到興趣嗜好等等建立成資料庫。像今天見過面的小薰也是，我和她是約在什麼地方碰面，她點了什麼餐點，從什麼東西開始吃，我全部都會記錄下來。順道一提，小薰是從自己喜歡吃的東西開始吃的類型。

我將放在自家桌上的錄音筆暫停，記錄今天對話的重點。寫下自己對小薰的評價，今天該反省的部分，將親密度畫成圖表。只要想到這是對小薰最後一次的作業，我就不禁感慨萬千，重新回顧起過去一次一次的回憶。心情就像欣賞著遊戲的圖庫，成就感逐漸湧上心頭。

最後，我在「小薰」的檔案名稱前加上一個「完」字，丟入已攻略資料夾中。今後我不會再跟她連絡了。

我現在有新的一名想要攻略的女孩子。在她的資料夾中有一張登錄在App上、畫質稍粗的照片。雖然她實際上是大學生，不過還有一點土裡土氣的印象讓人感覺像個高中生。

她的名字叫小憂。我想應該是假名。她說她是為了賺學費而開始從事爸爸活，不過初次見面時她莫名給我一種奇怪的感覺。我雖然想要試探她的感情按鈕，但她或許是和其他女生不一樣，經常做出與我的預測不同的反應，讓齒輪總是難以咬合。

爸爸活的第一次見面通常稱為「會面」，而雙方多半會在會面時決定大致上的零用錢金額。我個人的原則是零用錢金額基本上一萬到三萬，視狀況也會加成。交通費與飲食費由我負擔，然後不發生性關係。

兩週前會面的那天，小憂提早了三十分鐘到達我們約好的咖啡廳。當時我接到她已經抵達的聯絡，急忙趕往赴約，結果明明還是三月卻讓襯衫底下的內襯都是汗水。稍微鬆開領帶讓風吹進胸口，就能聞到讓人有點在意的汗臭。

在店員帶位下，我來到應該是小憂的女孩子面前時，她正縮著身體覆蓋在桌面上似乎在寫什麼東西。

我按下口袋中的錄音筆開關，「妳好」一聲向她搭話，結果她嬌小的身體當場發出小聲的尖叫，把手上的紙快速藏了起來。

「初次見面，我是星野。不好意思讓妳等了這麼久。」

「不會，是我來得太早了。」

她在桌面下似乎闔上了什麼東西並如此說道。

「妳是小憂沒錯吧？」

「是，沒有錯。」

「太好了。那恕我失禮囉。」

我在她對面座位坐下，先點了一杯冰咖啡。大概是剛才快步走路的緣故，從腳底到小腿都有一種微微發燙的感覺。明明我自詡比起同年代的人要來得年輕，但看來對於已經四十五歲的身體過度自信還是可能遭殃的樣子。我不禁抱著這樣的感想，並偷偷在桌子下轉動著腳踝消除疲勞。

我一邊休息一邊用手帕擦拭額頭的汗水，並且在不會造成失禮的程度下仔細觀察小憂。坐在眼前的這位女孩子就跟她登錄在交友 **App** 上的照片一樣，不像其他的爸爸活女子打扮那麼花俏。最近大家的個人資料照片都修圖修得很凶，但小憂卻是完全不搞那些特效，把手機的標準相機拍下來的照片直接放到個人資料上。身穿米色簡單連身裙的她雖然看起來比照片中稍微有肉，但以一般標準來看還是屬於很瘦的類型。從袖口露出來的手腕處可以看出骨骼線條，披在纖細肩膀上的秀髮呈現朝向外側的美麗弧線。

在戀愛模擬遊戲中也有所謂內向的女孩子。如果以角色分類來說，小憂應該屬於那個類型。我回想起遲遲不願對人打開心扉的遊戲女主角只對我露出笑容、那種宛如爬上一座山頂似的成就感，便頓時對眼前這位小憂燃起了幹勁。

「妳現在是大學生？」

「是的。」

「幾年級？」

「準備要升三年級了。」

「從 App 上看起來的感覺，妳剛開始從事這個活動沒多久吧？」

「是沒錯。」

「妳從事爸爸活是為了賺學費？」

「對。」

她只用簡單的回答就結束了這段對話。看來她並沒有打算把關於自己學校的事情詳細告訴我的樣子。畢竟是面對才剛認識的男性，不會把自己的周邊狀況講出來也是很正常的。因此我接受她的態度，並且不忘把這點也記憶在她的檔案中。

話雖如此，以一個從事爸爸活的女孩子來說，這女孩也未免太缺乏親切感了。莫名讓人感受到某種看開放棄的感覺。

「妳平常喜歡做什麼事情？有什麼興趣嗎？」

她低著頭注視沾附在杯子上的水滴，緩緩把頭歪向一邊。

「我喜歡，逛美術館。」

她用濕紙巾擦掉積在桌面上的水並如此說道。

我雖然覺得年輕女孩喜歡逛美術館還真是稀奇的興趣，不過或許在最近的女孩子們之間那也是一種時髦的消遣時間方式吧。

我本身也很喜歡欣賞美術作品，認為畫作的用色或題材很適於幫助我在工作上帶來靈感。

「我也喜歡美術館喔。小憂喜歡的是畫作嗎？還是雕刻？」

「我什麼都喜歡。不管是畫作、雕刻還是造型作品。」

點的飲料端上桌後，小憂很小心緩慢地花了一點時間才喝下第一口。接著看到我注視著那樣的她，她便說自己舌頭怕燙，並對著茶杯吹氣。我則是「喀啦喀啦」地搖響冰塊，喝了一口冰咖啡。

就在這時，我不經意注意到她掛在椅背上的托特包。

「那是布勒哲爾嗎？」

結果她朝自己的包包瞄了一眼後，重新把頭轉回來，第一次對上我的視線回答了一聲「是的」。

「請問你喜歡布勒哲爾嗎？」

她第一次對我提出問題的瞬間，我眼前的景象便逐漸轉換成遊戲畫面了。在她的周圍出現白色的外框，讓我頓時感到安心。雖然還沒進入個人主線劇情，不過看來我抓到契機了。只要順著這個狀況發展下去，應該能豎起第一根旗標。

我在腦中默默拿起遊戲手把，畫面上便顯示出三個選項，以及熟悉的閃爍游標。

▽我也喜歡喔。

我並不是懂得很多。

我不喜歡。

經常會在剛開始的劇情中出現的這種詢問興趣的問題，會大大影響到人際關係上與對方的契合度。要是我這時候回答不喜歡，我在她心目中就會是個不喜歡布勒哲爾的人而被打叉吧。

我雖然對布勒哲爾也不是很熟，不過我參觀過他的展覽會，因此看過小憂的這個托特包。但要是我打腫臉充胖子說自己也喜歡，搞不好會讓知識量的差距露餡反而更加導致她的反感。

從她等待我回應的認真眼神就能知道，她非常喜歡布勒哲爾。那視線中帶著一種「或許找到了同好」的期待。

雖然這麼做可能會讓她失望，但我還是鼓起勇氣做出了選擇。

「我並不是懂得很多。」

然而眼前的小憂卻開心地笑了。那笑容並不是在嘲笑對方缺乏知識，而是很溫柔而和善。

「不過既然你知道這個托特包，表示你參觀過展覽會吧？」

「我是參觀過，順便當作工作方面的學習。」

「果然！美術這種東西就算沒有知識也沒關係的。當然懂得相關知識會比較有趣沒錯，但我覺得重要的是首先自己感受到什麼，然後從中獲得什麼思考。」

而且我其實也不算非常精通。她如此補充說道。

「太好了。我以為我說自己懂得不多會讓妳失望呢。」

「總比不懂裝懂要來得好太多了。請問你從事的是有必要去參觀美術館的工作嗎？」

「我從事的是服飾相關的工作。畢竟最近和知名品牌的合作機會越來越多，所以我身為公司老闆，也要學習一下設計或題材方面的東西。」

她接著拿出手機，搜尋展覽會上展示的畫作給我看。雖然我知道布勒哲爾並非指單一個畫家，而是誕生過許多畫家的一個家族姓氏，但我並不清楚其中一個一個成員，於是小憂很仔細地告訴了我他們的特徵。

「布勒哲爾是一整個家族的畫家，其中的次男老揚・布勒哲爾被人稱為花朵的布勒哲爾喔。」

我回想起一幅大概是畫鬱金香、大得令人印象深刻的花朵畫作。當時我站在畫前，明明已經一把年紀了卻像個小孩子一樣，擔心自己是不是會被畫中含苞待放的花朵吃掉。這個人的畫作特徵是在暗色的背景中浮現出色彩鮮豔的花朵，但相對地也讓人有種會被那美麗的畫面給吸引到黑暗之中的感覺。

「小憂比較喜歡花的畫作嗎？」

被我如此一問的她忽然變得表情黯淡，簡短否定。

「我比較喜歡的是長男的小彼得·布勒哲爾，他被人稱作地獄的布勒哲爾。」

「地獄。」

「他的畫作非常細膩，到處可以發現有如『威利在哪裡？』的遊戲感覺。題材也很奇特，像是從長了腳的魚口中冒出大量的人。我想星野先生應該也有看過吧。」

小憂這時忽然將拇指與食指互相摩擦，小聲嘆了一口氣。剛才兩人之間拉近的距離又感覺被拉開了。

「妳還有去看過其他美術展嗎？」

「呃～讓我想想喔。最近我看過的是克里斯蒂安·波爾坦斯基。」

看來如果是美術相關的話題，她就會開口聊的樣子。

很巧的是，那個展覽我也去看過。不過那次並不是因為興趣，而是一個爸爸活女子說那些作品照起來會很有趣所以找我去約會了。那時候的我與其說是去參觀展覽，還不如說是負責拍照的。

波爾坦斯基的作品是現代藝術，比起畫作能更直接地讓我有所感受。雖然我剛開始還沒什麼興趣，不過後來漸漸對他的內在與人格產生好奇，最後甚至還買了圖鑑回家。

「那個展覽我也去看過。」
「你覺得如何呢？」
這個狀況下的「如何」是哪一種意思？
我眼前的畫面很稀奇地產生了紊亂。平常應該會出現三個選項，但這次卻只有浮現好與不好。面對這種二選一的狀況，我霎時有種被逼到懸崖邊緣的感覺。她所問的「如何」究竟是正面的意義還是負面的意義？應該已經停下的汗水又從我的額頭邊滲了出來。
「我覺得、很恐怖。」
平常像這種時候，畫面應該會暫停下來讓我思考的，但今天我明明還沒有按按鈕，劇情就繼續發展了下去。而且她說出的感想竟然不是好或不好，而是一種感情。
「恐怖？」
「呃，難道你沒有覺得恐怖嗎？我參觀到途中都開始感到不舒服呢。」
展覽中有件作品是將罐子像櫥櫃抽屜般堆疊起來，然後一個一個的罐子上都貼有人的大頭照。小憂說那作品就像是人類的索引目錄一樣，彷彿自己有一天也會被收納到其中，而忍不住全身發抖的樣子。

「要是我的人生也被總括成那樣一個小小的罐子，而且罐子裡塞滿我不想被別人看到的東西該怎麼辦？光是現在我就很不願意面對自己過去的汙點了，如果死後還要被根本不認識的人恣意擺弄，搞得好像對方很瞭解我，這樣不是很討厭嗎？另外那個把衣服堆得像山一樣的作品也讓我覺得很恐怖。走在長長的通道上忽然有一座黑色的山聳立在那裡，看在我眼中就像是堆積如山的屍體。被燒得焦黑的屍體。你不覺得那樣的情景讓人心情無法平靜嗎？」

展覽中確實有個把黑色衣服堆成一座山的作品，但我印象中那作品想要表達的應該是缺乏個性的流行時尚。比自己的身高還要高好幾倍的山形成某種壓迫感，確實給人很強烈的衝擊，但我並沒有對那作品產生過恐懼的感情。

「為什麼這個人會創作出這麼恐怖的作品？我那時候眼淚都停不下來了。我完全無法理解波爾坦斯基的生死觀。」

如此說完後，小憂表情憂愁地喝了一口已經沒有在冒蒸氣的紅茶。

「看來妳留下了很恐怖的回憶。也就是說……妳覺得那展覽不好嗎？」

「不，我覺得很好，很有意思。明明沒有透過任何言語，只是做好的作品放在眼前就讓我的心變得那麼混亂的感覺很有趣，也讓我覺得波爾坦斯基這個人很厲害。不過我不會想再參觀第二次。我覺得已經夠了。」

「聽妳這樣說，我覺得自己的感想實在平凡無奇，很不好意思。」

「是嗎？每個人的感受本來就各有不同呀。」

她不以為意地看著我說出這種話，於是我隱藏著內心的驚訝向她說了一聲謝謝。

「──我遇到了這樣一個女孩子。」

「最近的年輕女生都是那種感覺嗎？」

「並不是大家都那樣。是那個女孩該怎麼說呢？有點獨特。感覺不好應付，不是一般方法可以行得通的對象。」

「不好應付是嗎，我老婆也很不好應付啊。」

野村喝了一口高球雞尾酒，用誇張的語氣又接著說道：

「話說你啊，到底還要繼續搞那種事情到什麼時候啦？」

「不要講說是『那種事情』行不行？」

「那要不要我大聲講出來？」

野村說著，深深吸了一口氣。我拿起濕紙巾拍打他的肩膀，結果他用吸進去的空氣大聲笑了出來。

「我也不是在酸你啦。又單身又是公司老闆，又有錢可以跟年輕小女孩去玩，這不是很棒嗎？」

「其實也沒有你想的那麼好啦。」

「哪像我錢包都被老婆管得緊緊的，今天也是拿所剩無幾的零用錢來喝酒的啊。」

我可沒有向男人請客的興趣。眼前的餐桌上有我們兩人份的高球雞尾酒，以及幾盤下酒菜。菜色也不至於到簡樸的程度，而且這傢伙也是每天晚上到處泡酒館，哪有資格講那種話？我們就這樣拿女人的話題配酒，已經在店裡坐了兩個小時以上。對於這間小小的酒館來說想必是很討厭的客人吧。

野村是我大學時代少數的朋友之一，也是到現在還有保持交流的老死黨。有一次我跟女孩子走在新宿被他撞見，讓我在從事爸爸活的事情被抓包了。

「我又不是毫無意義地隨便揮霍金錢。每個人都有不同的興趣吧？像是車子啦、手錶啦，而我的興趣是爸爸活。就只是這樣。」

「車子也好，手錶也好，至少都會留下來變成自己的資產。但是把錢花在年輕小女孩身上，根本就跟把鈔票丟進馬桶沖掉沒兩樣吧？你又得不到什麼回報。我寧願把錢花在可以留在自己手邊的東西上。」

「要那樣說，你還不是把老婆給你的零用錢揮霍在喝酒上？」

野村頓時把身體伸過來反駁：

「我喝酒是為了工作，不然就是跟你見面的時候。我的零用錢大半都是花在衝浪上啦。」

確實，野村的肌膚完全就是在海邊晒黑的顏色。身材也很精瘦健壯，感覺很適合穿潛水服。酒也都只愛喝高球雞尾酒。

我沒有回應他，而是喝了一口碳酸已經洩掉的高球雞尾酒。酒杯感覺莫名沉重，讓我沒有舉杯暢飲的心情。

「我本來認為每個女孩子都是一樣的，但最近我開始覺得或許不是那樣了。」

剛見面的時候，我以為小憂是個文靜內向的女孩子。然而她實際上話卻很多，那樣的不一致感加深了我對她的興趣。

如果是平常狀況，應該會像遊戲一樣，如我所想地讓故事發展下去才對，可是小憂卻遲遲沒有向我敞開她的心扉。兩人的距離一下子拉近，一下子又遠離。面對那樣的她，我到現在還沒能掌握步調而陷入困惑。我已經好久沒有這樣的感覺了。

我呆呆地看著吸附在酒杯內側的碳酸氣泡，結果這次換成野村用濕紙巾拍打我，吐槽我講這什麼理所當然的事情。

和小憂認識了一年半左右，我們明明每個月都會見面兩次左右，但她還是老樣子跟我保持著不遠也不近的距離感。在攻略上花了這麼長時間的女孩子，我還是第一次碰到。

上個月我們在我常去的餐廳用餐的時候，她說她的鑰匙包壞掉了。於是我將這件事記錄在資料庫中，預定下次見面時一定要買新的鑰匙包送給她。

她每次拿護脣膏出來的化妝包是紅色的，用的錢包也是紅色。手機殼也是以紅色為主色。因此如果要送鑰匙包給她，我很確定買紅色會比較好。

這天，她用我借給她的原子筆在咖啡廳的紙巾上靈巧地畫著我的畫像。紙巾的材質柔軟，容易讓筆觸不安定，因此她非常小心、非常仔細地盯著紙面。她原本骨骼線條明顯的手腕以及細瘦的臉頰，如今都長出肉變得恰到好處了。

「這個禮物送給妳。」

我實在等不及她畫完，把一個小而精美的紙袋遞給了她。結果小憂當場愣了一下，把原子筆放下來畏畏縮縮地伸出手。

「我想說妳應該會需要。」

小憂看到紙袋上Dior的標誌，動作頓時停了一下。接著用疑惑的表情問我是不是化妝品，而我則是表情有點得意地要她打開來看看。於是她拿出裝在紙袋中的一個小小的盒子，解開包裝的緞帶打開蓋子。

「……鑰匙包？」

「妳上次說過妳的鑰匙包壞掉了對吧。還是說妳已經買新的了？」

小憂忽然把那紅色的皮製鑰匙包隨便塞回盒子，退還給我。嘴巴緊閉，眼神深處流露出無奈的感覺。

「妳不喜歡？」

「不是那樣。」

「那要不要一起去找找看讓妳喜歡的？」

「我就說不是那種問題。」

她嚴厲的語氣讓我接著說到喉頭的話又縮了回去。

「我又沒有拜託你。我有說過我想要換新的嗎？沒有吧？」

「我想說有新的應該比較好吧。」

不知道為什麼，我每講一句話，她的怒火就越燒越旺。

「這樣我很傷腦筋的。」

小憂再度把盒子推給我，但我也推回去給她。

「都難得買來了，妳就用用看吧。這是好貨啊。」

「東西好不好是由我決定。」

她如此說著，堅持不願接受我的好意。然後她陷入沉默，把奶油球一包又一包倒進熱紅茶中，勉強讓紅茶降溫後一口喝光。

不知不覺間，遊戲畫面的白色外框消失了。不管我怎麼按手把的按鈕，眼前的女孩都絲毫沒有回應。

我覺得這遊戲已經完全當機了。我束手無策了。豎起的旗標都被折斷，我已經偏離攻略主線了。不，我甚至開始覺得這女孩搞不好是經常會在遊戲中登場的攻略對象以外的角色。

嚴格來講，她毫無疑問是攻略對象以外的角色。她有個大約半年前在打工地點認識的上班族男朋友。而且我也知道她現在三天兩頭就住在那男朋友家。

我並不是想要跟這女孩成為情侶。我只是想要按下按鈕隨心所欲地控制劇情，掌控她這個人感情而已。我是為了這個目的在收集資料，努力付錢課金的。然而小憂自從交了男朋友之後，感情的起伏變得越來越大，行動模式也變得比以前更加難以捉摸了。

「我究竟該怎麼做才好？」

小憂很刻意地嘆了一口氣，總算開口說道：

「星野先生每次都是點冰咖啡吧？」

「嗯。」

她忽然把放在桌邊的奶精球一個接一個打開，倒進我的冰咖啡裡。原本透徹的淡褐色液體被奶精染得逐漸又白又濁。

「請問你現在心情如何？」

「什麼心情如何，我、我很驚訝。」

「是不是很火大？」

她說著，又繼續把奶精倒入杯中混濁液體。

「你對我做的事情，就是像這樣。」

老實講，我完全搞不懂她的意思。勉強可以知道的是，小憂現在心情很不好。

「意思是妳不喜歡這樣嗎？」

「講得簡單一點，我的鑰匙包就固定是這個。」

她拿出來亮在我眼前的，是個有點髒的鑰匙圈。從黑白配色看起來，那大概是個貓熊，但手腳都已經不見，剩下的貓熊特徵只有眼睛與耳朵的黑色部分。斷掉的手腳處殘留著或許是用黏著劑勉強修補過的痕跡。本來應該是白色的腹部和臉部都有點髒有點黑，可以明顯看到不自然的起毛。下面則是垂掛著兩把形狀不同的鑰匙。

「這是……貓熊嗎？」

「對，這怎麼看都是貓熊。就在不久前，牠最後剩下的右腳也斷掉了。」

「那應該不是鑰匙包，而是鑰匙圈吧？」

不知道講什麼話會觸怒小憂的我戰戰兢兢地如此說道。

「只要能扣住鑰匙，對我來說就是鑰匙包了。」

小憂語氣堅定地如此說著，很慈藹地撫摸起那有點髒的貓熊。

「那是在哪裡買的？」

「好像是在上野。」

「那……要不要到上野去買新的貓熊？」

如果想要用新的東西取代她如此珍惜的東西，會不會又惹她生氣？不曉得她會怎麼回應的我抱著害怕的心情，為了想辦法消解自己的緊張，用吸管攪拌著眼前這杯被植物性油脂汙染的冰咖啡。

世上居然會有女孩子收到名牌貨的禮物卻不感到開心，這件事讓我受到相當大的衝擊。就算平常自己不會買，如果有人送應該也會高興才對。換作是我也會很高興。然而小憂卻拒絕了我的禮物，說她比較想要新的貓熊鑰匙圈替換現在那隻髒貓熊。這天晚上，我望著大量的檔案不禁沮喪垂頭。自己至今調查累積下來的這些資料究竟算什麼？

當然，過去也不是每個對象都能如我所願。戀愛感情是很容易變得自我中心的。對於從很久以前就和戀愛保持距離的我來說，像初戀時那樣不經意被對方擾亂感情的事情已經讓我感到疲憊了。

就這點來看，爸爸活可以透過比較均一的立場與感情接觸女孩子。就跟遊戲一樣。

自從高中時代喜歡過班花的柴田美咲之後，我就放棄對戀愛這檔事懷抱期待了。戀愛是一種病，會降低人的判斷能力。

當時的我想盡辦法要攻略柴田美咲，於是徹底調查了關於她的各種資料。每天會搭幾點的電車，坐第幾節的車廂。喜歡的店家是哪裡。在住家附近的超市會買些什麼東西。我認為就跟遊戲中的女孩子一樣，只要我能知道關於柴田美咲的一切，我就能成為她的男朋友。

另外我暫時不再勉強向她搭話，而是努力念書，讓自己原本成績普普通通的學力提升到了全年級第三名的程度。因為我從遊戲中也學習到，如果在定期考試後公布的排行榜上讓自己的名字列到越前面的名次，就越容易受到周圍人矚目。透過這樣的方式，本來沒什麼存在感的我逐漸被大家認定為腦袋很好的人了。於是周圍的人開始變得會問我功課，其中也包括柴田美咲的朋友。接著在那位朋友的宣傳下，我利用自己的學力獲得了讓柴田美咲主動找我講話的機會。

「我想請你教我數學。」抱著教科書與筆記本來到我桌前如此拜託的她，還是老樣子像個遊戲中的女主角。烏黑的中短髮綻放著豔麗的光澤，膚色白皙，從裙底伸出來的雙腿筆直纖細。坐到旁邊就能聞到柔和的香皂氣味。

當她在解題上碰到困難的時候，我偶爾會穿插她喜歡的搞笑藝人常用的段子逗她開心，不厭其煩地幫助她克服不擅長的部分。

原本只是休息時間或放學後舉行的讀書會，後來變得連假日都會舉行，念完書後我們也會一起到咖啡廳吃她喜歡的蒙布朗蛋糕，或是一起去看當時流行的電影。這時期我們已經逐漸習慣於兩人獨處，然後到了學園祭這天，在營火照耀中，柴田美咲向我告白了。雖然周圍的人都說那簡直是奇蹟，不過柴田美咲當時確實對我說了「我喜歡你。請跟我交往。」這樣一句話。

就在那時，我心中萌生了一種不對勁的感覺。我並不是想要跟她接吻，也沒有想要跟她進一步發展關係的念頭。

在我喜歡的戀愛模擬遊戲中，只要跟心儀的女孩子成功交往就會進入結局。當兩人成為情侶，畫面中顯示出ＥＮＤ的字樣時，我總能感受到無比的滿足。

就在我與柴田美咲正式開始交往的瞬間，她在我眼前露出笑容的畫面逐漸轉暗，讓我看到了ＥＮＤ的文字。

到最後，我和柴田美咲明明成為了一對情侶，卻連一次約會都沒去過就分手了。

雖然她的朋友對我痛加責備，但攻略完之後我就是會變得失去興趣，這也是沒辦法的事情。

後來我就算與其他女性交往，也是每當看到終點的瞬間感情就會熄火。不過她們都會化為一筆一筆的資料，幫上我很大的忙。

一般的女性一旦對我產生了好意，要切割關係就會很辛苦。如果這也可以當成遊戲看待就好了，然而每當我提出分手的時候，女方就會大哭大叫，有時候甚至拿東西砸我，讓我也感到很頭大。

三十多歲出頭時，我曾經和一名希望以結婚為前提交往的年長女性交往了一年左右，但後來我實在是沒辦法接受和活生生的人交往結婚而提出了分手的要求，結果對方竟發飆大叫「把時間還給我」並找上門要求我負起責任，我的手機通知也響個不停。難以忍受的我到最後只能按照對方提出的金額，付了一筆分手費才總算落幕。

自從那件事情之後，我開始覺得戀愛中的女性是非常麻煩的生物。

當我得知有爸爸活這樣的活動時，我便確信了這就是自己想要的東西。用金錢購買女孩子的時間，兩人之間絕不建立什麼關係。我忍不住雀躍，世上竟然有這麼好的事情。端詳著個人資料考慮挑選哪一個女孩子的時間，就好像以前看著遊戲說明書的人物介紹時一樣讓人興奮期待。

買東西送禮物，請客招待美味的餐食，提供女孩子們日常生活中難以體驗的事情。如此反覆間，我至今看過了好幾個人的ＥＮＤ文字。

剛才的爭執彷彿沒有發生過似地，小憂又恢復到平常的心情了。在咖啡廳給完零用錢之後，對我揮手道別踏上歸途的小憂看起來腳步輕盈。

我們今天的約定是只喝茶，不用餐。她說她之後要跟朋友一起去吃飯。就我所掌握的範圍內，我只知道她的一位朋友。有幾次我跟在她的後面，看過那兩人一起光顧時髦上相的餐廳或是時下流行的店家。雖然我並不確定今天小憂也是要跟那位朋友見面，不過我到目前為止知道她的朋友只有那位女生，因此機率應該很高。

我配合小憂的步伐，小心不讓自己跟她靠近到十五公尺以內。從剛才那間位於原宿和澀谷之間的咖啡廳出發後，她始終帶著明確的意志朝澀谷方向行進。當一個人有目的地的時候，就不會轉頭看向後方了。

小憂抵達澀谷車站後，穿過車站前交叉路口，在道玄坂不斷前行。看來她的目的地是位於道玄坂上的一間烤肉店。現在是下午六點半前，正好要進入吃飯時間。

我看著小憂進入店家後，朝店門拍了一張照片。雖然小憂跟我在一起的時候都是吃魚不吃肉，但年輕人果然還是喜歡烤肉吧。從店裡飄來烤肉醬獨特的甘甜香味。在搞清楚她究竟是和誰用餐之前，我暫時都沒得吃飯了。

我從馬路對面一刻也不移開視線地凝視著烤肉店的自動門，陸陸續續有年輕人與下班員工們進入店內。每當店門打開的時候我都會稍微提高警覺，然而小憂卻遲遲沒有現身。

兩個小時過後，一對男女摟著手臂從店裡走出來了。男方的身材絕不算細瘦，用半邊的身體穩穩支撐著女方的體重。而勾著男方的手臂彷彿全身靠在對方身上的那位女孩，正是小憂。大概是喝醉的關係，給人一種腳步不太穩的感覺。

原來對方是男人啊。我如此想著，並隔著馬路跟在那兩人後面。

他們時而大笑，時而大聲交談。或許男方也醉到某種程度了吧。小憂笑得把上半身都往後仰，對男人的背部拍打了好幾下。我第一次看到她會那樣大笑。而且她明明在我面前都說自己不喜歡喝酒的。

那兩人穿過馬路，走進澀谷的賓館街。霓虹燈招牌妖豔地照耀著他們的背影。小憂今天穿的是比平常短的牛仔裙，隨著搖晃的腳步扭動的腰部看起來比以往更加性感，讓人能夠想像她接下來會發生什麼事情。就在兩人轉進小巷的時候，男人很自然地把手繞到小憂的腰部。

在我前方，那兩人走走停停地講話，最後男方小跑步到一間賓館前，說著「小ＰＡＮ，就選這間吧！」並對小憂揮揮手。接著他們便走進了那間賓館。

「請問你知道斑馬的叫聲是怎麼嗎？」

把身體靠在非洲動物區的欄杆上，從棉布材質的短褲底下大膽露出雙腿的小憂對我如此提問。在她肩膀上則是披著同樣材質的米色上衣。

「應該是『嘶嘶～』吧?畢竟是馬。」

「通常會那樣想對不對?畢竟叫斑馬嘛。」

自從看到她跟我不認識的男人進入賓館後，我每天過著心情難以平靜的日子。雖然我原本就覺得她是個難以如我所願控制的女孩，但沒想到她竟然明明有男朋友卻還跟其他男人發生性關係，到底她的操守觀念是怎麼回事?然而如果要這樣講，其實明明有男朋友卻還繼續從事爸爸活就已經非常奇怪了。對於小憂這個女孩知道得越多，我就越覺得她的存在有如虛像。

「然後呢?正確答案是什麼?肯定跟馬不一樣吧。」

「沒錯。斑馬的叫聲其實是『汪！』喔。而且牠們很少會叫。」

小憂朝著欄杆另一側的斑馬大聲學狗叫了一聲，然而那聲音最後消散在葉片逐漸轉紅的樹木間與藍色逐漸轉淡的天空中。

「以前『冷知識之泉』的節目上有播過。但那是真的嗎？」

「什麼叫那是真的嗎？」

「因為那搞不好是節目騙人的不是嗎?人說百聞不如一見，這也是沒有親身見證過就難以相信的事情之一呀。」

斑馬始終悠悠哉哉地搖晃著尾巴，沉默不開口。

「但也有可能反而變得無法相信喔。」

「咦？」

「要是斑馬叫了一聲『汪』，難道不會讓人懷疑眼前這隻動物真的是斑馬嗎？」

這麼說或許也沒錯。明明說自己想看貓熊的小憂卻如此說著，毫不厭煩地一直看著斑馬。

在遊戲中說到動物園可是非常重要的橋段，代表和女主角的親密度已經提升到相當程度，在這段劇情中稍微推一把就可能決定通往結局的路線。然而那是遊戲中的狀況，今天的我來到動物園卻始終心不在焉、難以專心。最近每次和小憂見面總是難以切換成遊戲畫面。

「小憂有撒過謊嗎？」

「我沒撒過謊呀。」

她毫不遲疑地如此回應，還笑說為什麼要撒謊。

「就算沒撒過謊，應該也有隱瞞什麼事情吧？」

「你忽然是怎麼了呀？」

真的，我忽然是怎麼了啊。明明沒有必要問這種事情的，但我卻強烈想要知道站在眼前的她究竟真正是什麼人。

「如果只是我想太多，我先道歉。不過我之前在澀谷看到了妳。」

「哦。」

「和我不認識的男人走在一起。」

「我跟男人走在一起沒什麼好奇怪的吧～」

「那個人是妳男朋友嗎？還是除了我以外的爸爸？」

「你是在講哪個人？」

小憂總算從斑馬移開視線看向我了。微風輕輕吹起她的秀髮，遮住了她的表情。

「就是跟妳一起去烤肉店，然後一起上賓館的那個人。」

小憂會意地說了一句「哦哦，果然。」並對我露出爽朗的笑容。

「那個人不是爸爸，是我的朋友。」

「妳會跟朋友上賓館？」

「正確來講，到之前為止他還是我的炮友。然後現在是我男朋友的朋友。」

「真是複雜的關係。」

「會嗎？我和星野先生的關係才比較複雜吧？」

「是嗎？」

對我來說，我們只是透過金錢建立的單純關係。

「因為你是我的爸爸之一，又是個跟蹤狂呀。」

真複雜，真複雜。小憂如此呢喃著，朝我走過來。一步，又一步，從她腳下傳來「喀、喀」的腳步聲。我現在才發現，她穿著一雙約五公分高的跟鞋。因為今天要走很多路，我還以為她是穿運動鞋來的。

「我不是跟蹤狂。」

「尾隨在別人背後，又調查東調查西的人，就叫作跟蹤狂喔。」

「我只是想要多瞭解妳。」

小憂的感情依舊讓人難以捉摸。她接著會做什麼事？會說什麼話？不管我怎麼調查她，到現在還是沒辦法預測。

「你瞭解我又能怎樣呢？」

霎時，我好像看到了白色的線。

「我想說可以討妳開心。」

「為什麼？」

她這句問話讓我當場愣住了。為什麼？我怎麼想也想不出可以應對這個問題的回答。找不到答案讓我感到困惑、著急。我為什麼想要討她開心？說到底，我究竟是為什麼想要討女孩子們開心？明明是自己的事情，我卻變得搞不懂了。

我一瞬間以為自己看到的遊戲畫面外框，又像縮了水的線一樣飄忽消失。

「你只是想要有面子？」

「我想、應該不是。」

「如果想活得好，那種自我中心的善意也是必要的特質喔。我倒是很想要面子呢。為了我自己。」

「我想我單純只是想要瞭解妳的事情。因為妳的反應總是不合我的預測，有點異於常人。」

我異於常人嗎？小憂態度悠哉地如此笑了。

「我覺得妳跟其他女孩子不一樣，所以會想要瞭解妳。妳就算收到名牌貨也不會開心，吃東西也主張平價的餐點比較好。明明其他女孩子只要給了錢、送了禮物就很容易開心的，但妳卻不是。我跟在妳後面調查，發現妳雖然說自己是大學生但其實根本沒去大學。三天兩頭住在男朋友家，而且明明不愁沒錢花卻不知道為什麼在從事爸爸活。明明幸福就在自己身邊，卻又跟男朋友的朋友發生性關係。這些事都超出了我的理解範圍，讓我難以明白而感到害怕啊。過去從來沒有過像妳這樣的角色。」

「我勸你不要對女孩子懷抱幻想喔。我為了能夠活得好，這些都是必要的事情。不管交男朋友也是，和男朋友的朋友發生性關係也是，從事爸爸活也是。在我腦中這些全部都是很合理的事情。然而那終究是我自己的道理，想必很難被他人理解吧……或許可以說是為了不被外框拘束、為了靈活過人生的一種平衡行為吧。」

要去看貓熊了嗎？小憂說著，對我伸出了手。於是我畏畏縮縮地把自己疲乏無力的手放到她的小手上，結果她毫不猶豫地握住了我的手。

「我好希望可以跟喜歡的人像這樣一起來動物園呢。」

「妳和男朋友沒來過嗎？」

「雖然現在才講這種話有點晚，不過被人跟蹤到家門前真的很恐怖，我勸你最好別再那樣囉。你對其他女孩子也會那麼做嗎？」

原來全都被她發現了。我頓時感到尷尬，只能微微點頭回應。

「不過你那種心情我也是可以理解啦。有時候就是會想要知道一切嘛。」

「妳和男朋友、沒來過嗎？」

我又重新問了一次同樣的問題後……

「那個人不喜歡動物呀。所以貓熊的鑰匙圈也是那個人說不想要就丟給我的。雖然已經是很久以前的事情了啦。不過我莫名覺得很不爽，所以想說要把那鑰匙圈用到貓熊的手腳都斷光光為止。」

她用我從沒見過的哀傷表情如此說道。

「你上次不是借給我原子筆嗎？」

我們來到連接動物園東側與西側之間的橋上，一尊烏龜銅像坐鎮在小小的照明燈上。

「星野先生不太講自己工作上的事情，不過那支原子筆上有印公司名字，所以我查了一下。因為你說自己是服飾業公司的老闆，我就很好奇究竟是什麼樣的公司。」

我們很自然地放慢步調，隔著沙沙搖曳的樹木間可以望見不忍池。

「我搜尋了那個公司名字，結果出來的是一間布料印刷工廠。在網站的總經理網誌上貼有星野先生的照片，似乎是和合作客戶的紀念照。當然網站上也有公司的名字。你說你是服飾業公司的老闆，但其實是紡織布料供應商的老闆嘛。為什麼要說謊呢？」

在橋的正中央，我停下腳步。小憂也同樣停了下來。我們依然牽著手，相連的掌心莫名變得帶有濕氣。口腔中變得異常濕黏，毫無意義地緊咬了好幾下牙根。我不知道該從什麼地方開始講起才好，結果發出了不成話語的聲音。

「就算你講真話我也不會對你失望的。畢竟你說你是老闆這點並非謊言嘛。」

「可是講布料供應商的老闆總覺得不太起眼啊。」

「所以講說是服飾業公司……」

「會比較好聽。」

牽著的手忽然被放開，隨著劃開空氣的聲音，我背部發出沉重的聲響。被拍打的背痛得讓我忍不住把身體往前彎，接著她又牽起了我的手。

「你果然只是想要面子嘛～」

小憂的臉蛋一皺，用彷彿要哭出來的表情笑了。我光是小聲對她說一句對不起就使盡了力氣，不過她第一次讓我看到的這個表情與行動，讓我體會到自己是和一個活生生的人在一起。我好久沒有像這樣不顧慮得失利弊，老老實實面對一名女性了。

我們在橋上重新踏出腳步的時候，背後忽然傳來狗叫聲。「汪、汪」的兩聲大叫。我們忍不住轉回頭，接著又彼此互看。

「叫了呢。」

「叫了。」

一股笑意湧上心頭，兩個人都大笑到差點喘不過氣來了。

「我其實幾乎沒有認真談過戀愛。」

「可是你感覺很懂得對待女性呀？」

「我只是會說讓對方高興的話，做對方高興的事情而已。我一直以來都是把女生們想成是遊戲中的角色。」

雖然遊戲有所謂的攻略書，但現實中的女孩們既沒有攻略書也沒有說明書，如果有需要就只能靠自己寫。我一直都是這麼想的。

「因此我和女孩子互動的目的與其說是為了戀愛感情，不如說是想要獲得遊戲破關的成就感。」

「不管理由如何，那都是星野先生為了保持自我所必需的行為不是嗎？大家都一樣，面對別人時會想要面子、希望被對方喜歡。因為被人討厭很恐怖，所以會扮演對方期望的角色。到頭來，我覺得大家談戀愛都是建立在小小的謊言上。而且所謂真正的戀愛其實是很難懂的呀。」

小憂牽著我的手又握得更用力了。

上野動物園的明星動物貓熊跟我原本想像的不太一樣。我一直以來深信是純白色的毛色其實是有點髒的淡褐色，跟小憂的鑰匙圈一模一樣。與其說可愛不如說髒。面對人生第一次看到的貓熊，老實說我相當失望。

「我出生以來第一次看到貓熊呢。」

小憂目不轉睛地望著籠子中一直在吃竹子的貓熊，繼續說道：

「比我原本想像的髒呢。跟我的貓熊一樣。」

「我剛好也在想這件事。」

「什麼嘛，原來你也一樣。我們果然很合得來。」

「可是從認識到現在，我一直都搞不懂妳啊。」

「我倒是一直都覺得你跟我很像喔。」

我問她哪裡像，結果她笑著回答到處都很像。

「星野先生，從今後你可以當我的朋友嗎？」

「朋友？」

「對，朋友。偶爾見個面，喝個茶，逛逛美術館。所以你也不要再跟蹤我了。」

我不禁覺得，那樣跟現在的關係不是沒兩樣嗎？

「我說的是沒有金錢來往的對等關係。我並不是因為缺錢而從事爸爸活的。我只是看著自己的錢越存越多，就會有種『原來這樣的自己也有價值』的認同感，而感到安心而已。」

「安心？」

「我大概是自我認同感很低吧，身邊也沒有對這種心情產生共鳴的人。」

「為什麼妳不生我的氣？」

我把自己心中一直很在意的疑問說出口，結果她毫不猶豫地說道：

「因為我擅自覺得，我們很像呀。」

小憂放開牽著的手，轉身朝向我。

「其實我撒了一個謊。我並不叫小憂。」

「嗯。」

「我的名字叫小夜。」

她說著，伸出手來要求握手。

「我早就知道了。」

果然是這樣。小夜如此說著，用自然不做作的表情對我露齒一笑。

「我其實也不叫星野。我的名字是三田。」

「我早就知道了。」

我們第一次互相緊緊握手了。

4

小小

五分鐘前，我被肇學長甩了。

我喜歡上這個人的才華與人品，想要知道他的一切。可是，我被甩了。

「我的原則是不和特定對象交往。」

這句話未免讓人消化不良，模糊得就像不想給別人接觸到核心似的防衛牆。如果講明「我不想跟妳交往」、「我不喜歡妳」之類，徹底把我捨棄，我搞不好還不會像現在這麼難看。

明明我是抱著一生一次的決心緊握顫抖的雙手，鼓舞自己如果要告白就只有趁現在兩人獨處的機會。明明我是覺得不把心意表達出來就永遠不會開始，而鼓起勇氣說出口的。然而他一直以來看著我時熱情的視線與一次又一次的親密接觸，看來都只是我的會錯意。

他是個散發出藍莓口香糖氣味的人，周圍總是包覆著甜膩的香氣。飄散而來的氣味圍繞著我，總讓我為了他暈頭轉向。即使從別人身上聞到這個味道，我都會聯想到學長的事情，可見得我已經完全踏入為愛盲目的境界了。

「我希望自己活得就算明天死了也不會有遺憾。」

感到意外的是，學長甚至把他的生死觀都告訴了我。但自己最喜歡的人竟然說什麼明天會死，讓我比起剛才告白的回應更加傷心地哭叫：

「請不要說什麼自己會死呀！」

那麼不和人交往又是什麼意思？我如此問他，於是他告訴我：

「在人生中重視的人或物是越少越好。我不希望把重要的對象丟下來自己先死，所以我不想建立特定的關係。而且我也並不喜歡自己的精神受到侵犯。」

學長說，他的理想是盡可能保持一身輕，在不至於感到不幸的程度下過生活。

「我希望學長能夠一直都過得幸福呀。」

「小小真的心地很善良呢。謝謝。」

這樣的對話從剛才就反覆了好幾次。八分鐘前被甩的我在十一月的微涼空氣中，被世界上最喜歡的人摟著肩膀，一路擤著鼻水走向那個人的家。

我明明被甩了，實在搞不懂為什麼會變成這樣的狀況。雖然我們本來就有說好要去學長家，但既然告白失敗，我以為那個約定也應該撤銷了才對。

畢竟學長不管對誰都很溫柔，大概是想安撫一直哭泣不願回家的我吧，所以才會說「暫時先到我家來吧」，並溫柔地為自己甩掉的對象帶路。

學長的步伐比較大，因此被他摟著肩膀的我很自然地配合他的腳步。右腳、左腳、右腳、左腳。有如兩人三腳般走著走著，我的呼吸些微急促起來，漸漸搞不清楚自己為什麼在哭了。悲傷的輪廓變得模糊，感情終究只是一時的東西，我開始覺得應該快點把傷心的情緒含糊帶過，盡可能延長開心的時間。總覺得只要如此反覆，最起碼可以守住自己的心不會死。

擤著鼻水、兩人三腳的奇妙狀況，以及從學長身上飄來的藍莓口香糖氣味，漸漸模糊了原本應該充滿我心中的悲傷。

剛下過雨的柏油路顏色很深，地面反射路燈的光芒讓人感到耀眼。一片濕漉漉而黑漆漆的景色中點點光芒散落的畫面，映在依然盈滿淚水的眼中，使我不禁覺得幸福與不幸互相交雜而成的景象或許就是這個樣子吧。那情景有如滿天的星辰都掉落到地上，於是我抬頭仰望，看到的卻是被厚重的烏雲籠罩的天空。

學長家的門是豔麗而高雅的藍色，不像我家毫無特色的平坦白色門板。站在那扇藍色的門前，我想到這扇門的另一側是很特別的場所，頓時感到雙腳畏縮。剛才我明明還深陷悲傷之中，卻在茫茫然間來到了自己憧憬的地方。接下來究竟會有什麼事情等著我？

門板伴隨嘎響打開後，我看到眼前一片黑暗。畢竟是夜晚的房間，這種事情本就理所當然。但我也許是感性變得敏感的緣故，突如其來的漆黑景象讓我心中湧起一股恐懼，眼眶又滲出淚水。就在我怕得抓住唯一能夠依靠的學長的衣服時，隨著短暫的閃爍，微帶藍色的白光照亮了玄關處。

學長說著「抱歉有點亂」並帶我進入門中，裡面的玄關也確實如他所說有些凌亂。帶有些微溼氣的玄關處擺滿鞋子，每一雙都能立刻看得出來是學長的東西。扁塌的 Converse，皺巴巴的 VANS，New Balance 雖然沾滿泥土，但因為鞋子本身是褐色所以不會很明顯。這些泥土是上次大家在剛下過雨的泥地上踢足球時留下來的。

學長把原本應該是純白色的 AIR FORCE 1 脫掉後，要我也進到房內。那鞋子的鞋口布料上可以看到一點又一點細微的起毛。

單房的房間中凌亂得很有大學男生的感覺。一進房間的地方就有堆成一座小山的衣物。學長大概是每天從這座小山中挑衣服穿的吧。不知究竟是洗過還是待洗的襪子被亂丟在矮桌下面。

大概是學長以前做的東西吧，在散亂的生活用品間還可以看到用黏土捏的人頭悽慘地被放置在地上，給人一種美大學生的感覺。明明房間不算大，卻開著放在地上都沒關的行李箱中雜亂地裝有各種繪圖用具。

光是房間裡沒有喝到一半的寶特瓶或吃到一半的食物，我覺得就已經很足夠了。與自己家不同的氣味，讓我每呼吸一口就有種身體重新代謝的感覺。我抱著但願當我要回家的時候，自己體內製造血液、細胞與組織的氧氣全部都能被這間房間的空氣取代的想法，一口接著一口地不斷吸著氣。

「妳隨便找個地方坐。」

從冰箱拿出飲料的學長把一罐梅子沙瓦遞給還未成年的我。既然會放在家裡的冰箱，代表學長喜歡喝這個嗎？

「用那罐子冰敷一下眼睛吧。要不然明天會變腫喔。」

我道了一聲謝，把罐子貼到眼皮上，才發現自己的眼睛深處熱得發燙，彷彿會從內側燒爛我的眼珠。

「學長，請問可以讓我躺一下嗎？」

「妳還好吧？」

我回了一句「我沒事」後，在地板上緩緩躺下，貼在眼皮上的罐子與冰涼的木頭地板讓人感到舒服。閉著眼睛可以聽到學長在家中走動的聲音。衣服的摩擦聲，以及腳步聲。

「不介意我聽廣播吧？」
「啊，好的。」
隨著「喀嚓」的聲響，房間裡出現除了我與學長之外的聲音。
「你平常都會聽嗎？」
「有聲音可以讓我比較安心。」
廣播ＤＪ的聲音輕盈穿過我的耳中。
我睜開眼睛，看到焦糖色的柚木地板上零零星星的小垃圾。打開零嘴包裝時掉落的包裝碎片、細微的餅乾碎屑、灰塵、毛髮。我把視線焦點依序對上那些東西，將它們記憶到腦中。即便只是普通的垃圾，只要在前面加上「學長家的」，對我而言就是值得珍愛的東西。
但其中唯有一根長髮並非如此。我伸手捏起那根頭髮，起身從桌上抽了一張衛生紙，將頭髮包起來收進自己的包包中。
「妳沒事吧？」
我趕緊回應一聲「我沒事」後，學長便「那就好」地摸摸我的頭，在我身邊坐了下來。
以前我和學長在ＫＴＶ或居酒屋也有過這樣近距離、高密合度的接觸，但今天場所不一樣，這裡是學長家。眼前有學長平常在看的電視機，電視旁堆著學長喜歡的漫畫，背後有一張灰色床單的床。被子大概是保持著早上起床時的狀態，有如小型的裝置藝術般在床上擠成一團。這全部都是學長為了他自己創造出來的空間。而我此刻就在那樣的空間中。

明明自己三十七分鐘前才剛被甩的說。到現在我還是難以理解這個超出預想的展開，腦中一片混亂。

我被叫了一聲「小小」而轉過頭去，發現學長的臉靠近到視線都無法對焦的程度。

我當場吸了一口氣。學長的手緩緩伸過來，讓我冰冷的左臉頰感受到溫暖的體溫。學長的手有點乾燥，輕撫著我的臉頰讓我有種粗糙的感覺。我們的鼻頭相碰、額頭緊貼，甘甜的呼吸讓我腦袋漸漸變得茫然。如果就這樣閉起眼睛，學長是不是會親吻我？

「學長，你真的沒有和誰在交往嗎？」

鼻子可以聞到藍莓的香氣。在只有兩個人的狹小密合空間中，我說出了這樣一句話。

「對啊。」

「你不喜歡若葉學姊嗎？」

我有如進行確認似地用語氣有點強卻又像呢喃的聲音這麼詢問，最後的聲音還發抖起來。

「她只是朋友。」

那句話帶著藍莓的香氣，輕輕傳入我的耳中。

我緩緩閉上眼睛後，嘴唇接觸到柔軟而溫暖的東西。吐出的氣息與學長的呼吸混在一起，散發出甜膩的香味。

廣播播放起 SPITZ 樂團的〈Cherry〉。

嘴唇相離後，我不曉得該做出什麼樣的表情才是正確答案，只能讓臉上各處用力緊繃，不斷眨動眼皮。學長凝視我的雙眼濕潤，我猶豫著該不該就這樣接受對方。我今天穿的內衣褲是什麼顏色？有沒有上下湊成一套？就在我想著這些事情的時候，學長停頓一下又再度把臉靠過來。我忍不住用力抓住自己的毛衣下襬。

學長明明說自己不交女朋友，為什麼又要親我呢？

「學長。」

親吻與親吻中間，我叫了他一聲。學長的舌頭似乎想要入侵我的口中，於是我委婉拒絕他滑入雙唇間，並問他為什麼。但他沒有回答我，取而代之地親了一下我的臉頰。

SPITZ 樂團依舊用柔和的聲音唱著歌。

「只到親嘴就好。」

學長一臉認真地如此說道。

我們真的到最後都只有反覆親嘴，彷彿為了抗拒寒冷般互相緊貼身體躺到單人床上，睡著了。

為什麼事情會變成這樣？

在被子底下彼此接觸的腳尖傳來的熱逐漸融化我心中這樣的疑問，讓輪廓消失了。

我並不是被學長甩了。學長只是不交女朋友而已。但他還是願意碰觸我。這樣不就已經非常足夠了嗎？

中午過後，在學長房間醒來的我，看著睡在一旁的學長的臉，用沙啞的聲音哼起〈Cherry〉。

歌詞說得一點都沒錯。光是「我愛你」這句話，就彷彿讓我變得堅強。我想著這樣的事情，碰觸隱隱發燙發腫的嘴唇，確認這一切都不是夢。

學長醒來後在床上像隻貓一樣伸懶腰，抓抓自己亂翹的頭髮。明明他給人一種應該很會賴床的印象，但沒想到他一下子就起床，若無其事地走向廚房煮起熱開水。

「學長，請問有口香糖嗎？」

學長「嗯」地回應我一聲，用細長的手指從放在電視機旁的口香糖包裝中抽出一片遞給我。人工的藍莓香氣飄來，讓我反射性地回想起昨天的親吻。

我道了一聲謝後，將口香糖溫柔包在手心中。接著偷偷把它收進自己包包，輕輕拍了兩下。

我不會把學長給我的口香糖吃掉。在我家角落有個已經不知裝了多少口香糖的袋子，無時無刻散發出學長的味道。只要把臉湊近袋子，我隨時都能有種學長近在身邊的感覺。

學長彷彿昨天的事情都沒發生過似地泡了兩人份的咖啡，用平常的表情看著電視。

昨天那段時間是我人生中的特別回憶。

我要不斷反覆回味，將記憶中的每個片段都畫到紙上以免自己遺忘才行。嘴脣、鼻子、學長濕潤的眼神。我要一次又一次地烙印到紙張上。

就算肇學長當作什麼事情都沒發生過，我的心意依然不會改變。

*

和學長的初次邂逅，讓我一下子就墜入了情網。

他讓我知道了原來人的心一瞬間就被奪走並非只是漫畫世界中的事情，而且我對於自己竟然會對人一見鍾情也感到很驚訝。

五月的午後風和日麗，讓人不禁抱著「如果就這樣蹺課去睡午覺該有多好」的念頭，努力與吃完午餐後血糖值上升的身體格鬥著。

我從三樓望向教室大樓的室外空間，看見有個人正對著一塊大畫布繪畫。那人頭上戴著大大的白色耳機，一心不亂地運筆作畫。細長的手腳與白皙的肌膚，從遠處看起來如雕刻作品般美麗。

畫布上有紅色、黃色、綠色等各種顏色的東西看似無意義地排列著，然而從上方觀看，整體卻又會覺得各自不同的形狀與顏色帶有某種規則性，彼此襯托。

顏色一筆一筆地添加，我的視線忍不住追著畫筆。從滑順的筆頭彷彿傳出音樂，但那聲音絕不算溫和，而是充滿逼人的魄力。我的眼睛放不開有如指揮棒一樣揮動的畫筆，睡意早已消散。那個人究竟是抱著什麼樣的想法在面對自己的作品？

不知不覺間，學長拿下耳機，握著畫筆抬頭朝我看來。

兩人對上的視線，讓我的心大幅動搖起來。雖然覺得必須講些什麼話才行，但吐出口的卻盡是模糊的聲音。

我只能伸手指著畫，盡最大的努力傳達自己的意思。學長因此把視線從我身上移向我的指尖。

「這個？」

我對學長這句大聲詢問點了好幾下頭，結果學長對我招了招手。應該是要我過去的意思吧。於是我趕緊衝下樓梯，奔向露天陽臺。

興奮的情緒讓我甚至忘記呼吸，抵達時才總算深深吸了一口氣。

「這張畫，妳覺得怎樣？」

學長說著，彎下身子與我對齊視線。教人懷念的藍莓口香糖氣味忽然飄來。是我小時候經常吃的味道。

畫布上描繪的東西，看起來像是各種物體組合成的巴比倫塔。

從下往上，朝天空延伸的圓形高塔。明明外觀是如此不安定，鮮豔的色彩卻讓人感受到某種從地底湧出的熱量。

「請問這是巴比倫塔嗎……？」

「雖然尚未完成就是了。」

「總覺得完成的時候會塌下來呢……」

明明是在畫中，不可能會塌下來的。然而這幅畫流露出的不安定感，卻不知為何給我一種安心的感覺。

「雖然在故事中的巴比倫塔最後並沒有完成就是了。」

美大有很多充滿個性與獨創性的人，而我過去認為自己也是其中之一。從以前我只要參加比賽就會有很高的機率得獎，周圍的人也都鼓勵我絕對應該去讀美大。而當我開始去上補習班，為了準備入學測驗每天過著畫素描的生活後，我漸漸看出自己想做的事情是什麼了。

比起繪畫，我比較想做設計。街上到處都充滿設計，比起自己畫的圖有人買，我更希望自己設計出來的東西受到許多的人喜愛與認同。

很理所當然的是，美大裡聚集的都是一群很會畫圖的人。就算在外面被人稱讚很有才華，在校內如果沒有個人特色，終究跟樹林中的落葉沒兩樣。只能從樹上掉落下來，失去屬於自己的地方，最終被埋沒。我打死也不願讓自己變成那樣。我要突破既定的框架，自由表現，絕對要比其他人更加出色。在優秀的設計公司找到工作，將來有一天獨立出來，成為人人認同的設計師。我曾經是這麼想的。

學長不是落葉，是一棵葉片茂密青蔥、葉脈清楚明顯的常綠樹。我看到他的作品便有了這樣的感覺。

「葛木學長的畫真是太棒了。」

「為什麼妳知道我名字？」

學長愣著臉看向我，於是我伸手指向他大大寫在一旁的個人情報。

鋪在作畫區域地面上的塑膠布角落處大大寫著：

> 如有任何問題，請聯絡以下號碼。
>
> 葛木　肇

旁邊還有他的學號與手機號碼。在校內的公共區域創作時，為了萬一有人希望移動作品時，可以知道這是誰的東西而留下個人資料並不是什麼稀奇的事情。

有如偵探故事的情節般被我從意想不到的部分得知自己名字的學長，頓時露出苦笑，說他還以為我擁有什麼心電感應的能力。

「叫我肇就可以了。妳是哪個學科的學生？幾年級？」

「我是設計科二年級。」

「那就是我學妹了。我是設計科三年級。啊，不過妳有沒有重考或留級過？」

「我姑且算是一路順利升上來的。」

聽到我這麼回答，學長表情滿意地點了點頭。

其實只考一次就考上美大也絕不表示就很優秀。即使很會畫圖，如果沒能創作出別人想要的作品就跟單純的興趣沒兩樣。我現在的成績都是B，沒什麼亮眼的表現。就算再怎麼懷抱野心，我越是創作作品就越有種自己搞不好沒有才能價值的感覺。

「請問這幅畫是什麼功課嗎？」

學長搖搖頭，咧嘴一笑。

「這是參加比賽用的作品。如果能得獎，就能添補學費。教授出的功課固然很重要，不過趁現在到處發表作品博得評價，打響自己的名聲才會真正對自己有利吧？」

「是這樣嗎？」

「不論是教授出的功課或是根據比賽題目創作的作品，只要獲得評價就能對今後有好的影響。另外也能為自己帶來收入的機會，創造出易於透過自己設定的主題做自己真正想做的事情的環境。」

他看著自己的作品，篤定說道。原來這幅畫之所以給人一種充滿自信與能量的印象，是源自於他本身的思考。我打從心底感到羨慕起來。

學長真正想做的事情是什麼呢？我睜大眼睛這麼詢問，但他卻從我身上別開視線，說那是祕密。

「如果我能夠像學長一樣有自信就好了。」

「妳沒自信？」

我沒辦法回答他這個問題。因為連我自己都搞不清楚我講出這句話的理由，是不是為了讓學長用「別擔心」之類沒有根據的話語安慰我。

「來到這種地方還去思考什麼叫做自信，那當然會變得沒有自信了。抱著畏畏縮縮的態度揮棒，擊出去的球也不可能飛到多遠不是嗎？既然如此還不如大棒一揮，若結果是全壘打就算自己賺到，就算是界外球也可能飛到意想不到的地方。藝術沒有所謂的正確答案。像這幅畫也是，或許有人會讚賞，也或許有人會說跟垃圾沒兩樣，但如果自己首先不覺得這是傑作，到頭來只會創造出沒用的東西。

那樣根本就是浪費時間，而且對自己來說就真的只是垃圾了。」

我好羨慕他能夠把這種話說得如此堅定。如果我能夠那樣思考事物，或許就能稍微喜歡自己一點了。我以為自己快要成為一片只有等待腐朽的落葉，但如果我可以相信自己不是葉片而是樹木，就有可能萌生出新的綠芽。這個人有種讓人會這麼想的力量。

「是說，妳叫什麼名字？」

「我叫小野小夜。」

「什麼字？」

「呃……」

「名字的漢字。」

「哦哦，一小片原野的小野。」

「下面的名字呢？」

「一小段夜晚的小夜。」

接著肇學長便說一句「名字裡有兩個小，妳就叫小小吧。」為我取了個綽號。

光是被學長用特別的名字稱呼，我就感受到自己的存在是如此讓人喜歡了。

學長說要給我一個能夠保持自信的護身符，從旁邊的包包中拿出一個東西放到我手掌上。是全新的貓熊吉祥物鑰匙圈。
「這是護身符？」
「不，那是上野的貓熊。」
我不禁「哦」地發出困惑的聲音後……
「反正我拿著也沒用，就送給妳當成保持自信的護身符吧。」
在我手上慵懶地攤開四肢，看起來毫無幹勁的貓熊吉祥物，是學長第一次送給我的重要東西。
後來，我就像隻把出生後第一眼看到的對象視為母親的雛鳥一樣，整天跟在肇學長的身邊。對於剛出生的雛鳥來說，不論看到什麼都會感到新鮮。從講堂後面的座位望見的景象、被午後陽光晒得溫暖的長椅、畫滿塗鴉的電梯內牆保護墊。明明我以前都覺得自己生活的校園很老很舊，現在卻彷彿每天不斷重生般充滿各種發現與刺激。
我跟著學長到處走的過程中，也認識了若葉學姊。若葉學姊雖然和肇學長同年級，不過比他大一歲。
兩人總是會把桌子靠在一起講話。肇學長在吃東西的時候，若葉學姊還會一副理所當然地把他的東西拿來吃。那樣的行為之所以不會讓人覺得是學姊單方面的傲慢而是兩人之間莫名流露出的男女關係，是因為他們有時候會不靠話語而透過視線交談。

只要遇上那樣的場面，我就會有種見識到自己與學姊之間差距的感覺，不禁感到難過。

我帶著午餐到學長教室玩的時候，就看到那兩人肩併著肩在吃沙威瑪。他們今天也為了哪邊的肉量比較多的事情鬥嘴。

「絕對是我的量比較多。你知道嗎？那個大叔很喜歡我，所以每次都會說多請我一點然後幫我多加肉呢。」

「那只是妳不曉得而已，其實他對每個客人都是那樣講。所以我的肉量也很多，要不然就是跟妳的肉一樣多才對。」

他們鬥嘴的聲音連教室門口都能聽到。即使我進入三年級的教室，如今也不會有人感到奇怪了。學長姊們都會「喲」或「過得好嗎？」地向我打招呼，和善地歡迎我進去。

我從近處拉了一張椅子坐到兩人之間，默默打開自己的便當。今天我帶的是炸雞便當。我接著夾起一塊冷凍炸雞，放到肇學長的沙威瑪肉上。

「這樣肇學長的肉就比較多了。會冷掉喔，快吃吧。」

我合掌說了一句「我要開動了」之後……

「小夜，那樣犯規呀～」

從左邊傳來若葉學姊抗議的聲音。

「因為你們的聲音都傳到教室外面去了，所以我想說這是最快又和平的解決方式呀。啊，若葉學姊要不要也來一塊炸雞呢？」

「要是我吃掉，妳就只剩下兩塊了。不用啦。」

謝謝妳喔。如此對我微笑道謝的若葉學姊臉蛋美麗得教人羨慕，嘴角的痣給人性感的感覺。

她總是把一頭長髮綁成包包頭，端整的面容只是擦個口紅就足夠出門給人看了。如果她喜歡肇學長，我根本沒有勝算。

即便如此，我只要肇學長對著我笑就能感到滿足了。只要學長的眼中有那麼一瞬間只看著我，雖然不至於說已經十足，但我也能感到滿意。

自從和學長在一起後，我對自己的作品也開始有自信了。

就像初次見面時學長說過的，如果以後要從事商業性的設計工作必然需要有個人的個性特色，但能夠符合客戶的需求到什麼程度更是比任何事情都重要。所謂的功課就是名為教授的客戶給學生的委託。只要這樣思考，就能清楚整理個人特色與功課所要求的東西，讓我腦中變得清晰。最重要的事情是完成委託，然後在當中添加些許個人特色作為自己創作這個作品的意義。如果只顧著強調自己的想法與感情，只會創作出充滿自我中心的作品而已。

自願接受既定的框架也是很重要的事情。和肇學長在一起讓我學習到了這樣的想法。

新的挑戰使我感到興奮，而靈感的源頭總是來自肇學長。

一同欣賞到的景色或氣味，平常交談時不經意的一句話。源自學長的東西總會一一化為靈感湧上我的腦袋。我總會馬上拿起畫筆，描繪作品的構圖。曾經感受過的創作樂趣化為水，滋潤了我乾涸的心靈。

我的成績明顯提升。教授都會給我的作品很高的評價，學長也會拍我的肩膀稱讚我。一次次的累積在我心中逐漸化為確切的自信。

起初的我實在是井底之蛙，過度相信自己的才華，導致後來深切體認到自己提出的理想是多麼無謀、多麼自以為是而深深受挫。不過現在的我已經不一樣了。

自從可以在心中把學校功課明確定義進行創作之後，我接下來開始變得想要創作能夠充分發揮自己特色的作品了。這就跟肇學長創作參加比賽用的作品是同樣的理由。學長偶爾就像抒發壓力一樣，會尋找主題接近自己想做的東西的比賽並透過創作保持心靈上的平衡。而我現在也變得會尋找比較能發揮自己個性的比賽，試著全力揮棒了。

秋去冬來，校內的氣溫一天比一天寒冷。高中時代就算穿短裙露大腿都沒事的自己簡直教人不敢相信。現在的我變得怕冷到需要用牛仔褲和襪子把腳層層包起來才行了。

助手研究室中有一臺小型的白色傳統煤油暖爐，老舊而顏色黯淡的白色彷彿被火焰從內側染成些微的紅色。我很喜歡那個溫暖的色彩以及煤油暖爐特有的氣味。光是看著緩緩變化的紅色，就讓我有種連體內都變得暖和的感覺。

我把腳朝著暖爐，向助手琴吹小姐報告著功課的途中進度。

琴吹小姐是這所大學的校友，畢業後沒有升研究所，現在留在大學當教授的助手。

這裡的教授和講師年紀都很大，琴吹小姐是少數的年輕助手。除了課業以外，在學生生活方面她身為前輩也是個很好交談的對象。我喜歡來找她當然一方面是因為這個時期想來助手研究室取暖，不過其實也因為這裡是可以讓我放鬆心情的場所。

「這次的功課只要照妳現在這樣做下去，應該可以拿到A等的成績吧。」

「真的嗎？」

「畢竟有抓住重點，也有發揮出個人特色。雖然過程想必很辛苦，不過我認為教授肯定會喜歡妳的作品。」

「如果有什麼部分能得到教授誇獎就好了。」

這次的功課是將時間的形狀當成主題設計一件作品。我的構想是用手為題材表現出時間的經過，而現在正請琴吹小姐幫我看我的草圖。

當我在功課上遇到困難的時候，只要想著學長的事情就能順利獲得靈感。學長以前說過，手就像是一個人的年輪。而我這次的作品是一個人從嬰兒一路成長到老爺爺的手。用黏土塑形後取石膏模做成一隻一隻的手，像螺旋階梯一樣排列成漩渦狀表現出時間變化。既然值得信賴的琴吹小姐都掛保證了，我想就這樣開始著手製作應該沒問題吧。

我將草稿紙收進包包後，琴吹小姐忽然用試探似的語調開口說道：

「小夜，妳戀愛了對吧？」

她隔著拿到嘴邊的馬克杯邊緣、用抱有確信的視線看向我。被她那對細長的眼睛注視的我，當場把張開成八字形的小腿緊緊併起來，腳尖很自然地用力抵在地板上。

果然沒錯。琴吹小姐說著，露出更加得意的表情。

「講得更精確一點，那不是最近才發生的事情，而是妳升上二年級之後吧？」

對不對？被琴吹小姐稍微彎著脖子如此詢問的動作誘導下，我忍不住點頭了。本來要塞進包包的紙差點都掉到地上，害我慌慌張張地趕緊抓住它們，重新放進包包。

「為什麼妳會知道呢？」

「因為妳的作品變得展現出靈活性與自信，所以我想說那或許是戀愛的影響。」

「原來連那種事情都能看得出來呀。」

我深感佩服地呢喃了一聲「真是厲害」後，琴吹小姐卻在我眼前噴笑出來。不禁疑惑究竟有什麼事情可笑的我當場愣住，而她接著又把手伸到我的肩膀上。

「抱歉抱歉，其實光看作品是沒辦法知道那種事情啦。我是因為經常看到妳出現在三年級的工作室，所以想說可能是三年級的學生中有妳喜歡的人或是男朋友吧。」

我的臉頰彷彿對暖爐發出的燃燒聲響產生反應似地發燙起來了。

我忍不住低下頭用力抓住包包後，琴吹小姐探頭看向我的臉說了一句「對不起喔，我只是想捉弄妳一下」。

「不過妳的作品變得越來越好是真的，教授也經常提起妳的名字誇獎妳呢。」

「真的嗎？」

「這次是真的，沒有騙妳。」

「那我相信妳。」

「太好了。話說，那個對象已經是妳男朋友了嗎？」

「還沒。或者應該說，我覺得那個人應該有喜歡的對象。」

「妳覺得？或許他跟對方只是好朋友喔？」

「可是……」

「像那種『可是』啦、『憑我這種人』之類表現自卑的發言，同時也會降低自己的魅力喔。凡事如果不表達出來就無法起步。要追求喜歡的對象時，就應該自信滿滿地踏上打擊區呀。」

是這樣嗎？說到底，學長究竟是怎麼看我的呢？如果他對我沒有任何感情就不會有球飛過來。這樣就算踏上打擊區也別說是揮棒落空了，根本連揮棒都沒得揮呀。

以前有一次和若葉學姊兩人獨處時，我被她說中了「小夜喜歡阿肇對不對？」這樣一句話。

當時我因為想說若葉學姊搞不好也喜歡肇學長所以趕緊否定，可是卻馬上被她戳破是在說謊了。

她說肇學長平常就很關心我的事情，簡直像親鳥與雛鳥的關係。

但是那樣的關係不管過了多久都不會成為情侶。我希望的是他把我視為一個女生關心，希望他能喜歡上我。

明明奢望現在以上的關係，卻又無法忍受自己已經獲得的東西萬一被破壞。就算把散落四處的幸福收集在一起，也只能換來輕輕吹一口氣就會飛散的自信。

「世上男男女女那麼多，要在其中與自己喜歡的對象情投意合幾乎是奇蹟呀。所以也可以選擇主動把自己的心意表達出來，或許意外地會讓對方對妳產生意思喔。」

那是對自己有自信的人才講得出來的話。推別人一把是很簡單的事情。但如果失敗了也不能叫對方負起責任，受到的傷害只能自己承擔呀。

「戀愛也好，作品也好，人生也好，如果不把靈感或心意化為具體的形狀，等到成為別人的東西之後才說自己其實也有想過，根本就太晚了吧？不論是想要獲得的東西或是想要創作的東西，如果沒有及時行動就會被人搶走。到時候才懊悔哭泣不是很可悲嗎？」

我朝著暖爐的腳尖有種被燃燒的火焰包覆的感覺。

「啊，對了，這是新的比賽情報。如果妳有興趣就參加看看吧。」

我收下琴吹小姐遞給我的情報。她講過的話在我腦中不斷迴盪。

離開房間後，剛才發燙的腳踏在冰冷的走廊地板上，腳尖一下子就變得僵硬起來。

我不想被任何人搶走。

從大樓間的遊廊可以看到對面的三年級工作教室，螢光燈照得教室通明。我仔細遙望，發現肇學長今天也還留在教室裡。

我來到教室門口探頭一看，學長正一個人在教室裡望著堆疊起來的調酒罐子，獨自舉行著簡單的宴會。

「小小。」

光是被他這麼叫一聲，我冰冷的身體就立刻暖和起來。

「我以為妳今天不來了。」

「我剛剛去找琴吹小姐商量功課的事情，講得有點久。」

「那個人怎麼說？」

「她說只要我照這樣做下去應該可以拿到A等。」

我環顧四周，房間裡沒有若葉學姊的氣息，只有學長一個人，以及用鋁罐做成的機器人作品。雖然乍看很像小學生的暑假自由創作，不過那機器人比我的身高還要高。銀色的鋁罐在螢光燈照耀下閃閃發亮，給人一種不安的感覺。

「若葉學姊呢？」

「小小真的很喜歡若葉啊。她今天不在啦。」

學長就算喝醉，從他身上還是會飄散出藍莓口香糖的氣味。

他叫我坐到旁邊，於是我在平常應該是若葉學姊坐的位子坐了下來。

即使看著眼前的機器人，眼角餘光還是會看到學長美麗的側臉，讓我沒辦法集中精神於現在的狀況中。

高挺尖細的鼻子讓他的臉蛋給人的印象，與其說是男性還不如說比較中性，看起來細緻柔軟的頭髮被整理到後面綁成一撮小馬尾。

如果這個位子是屬於我的位子就好了。

「學長，請問有口香糖嗎？」

學長用很習慣的動作從口袋拿出一片口香糖遞給我。拿到臉前一聞，果然有學長的味道。
甘甜的氣味凝聚在鼻腔，讓我暈了起來。
不論是想要獲得的東西或是想要創作的東西，如果沒有及時行動就會被人搶走。到時候才懊悔哭泣不是很可悲嗎？
剛才琴吹小姐說過的話浮現在我的腦海中。
那就是現在的我。
只會想著萬一失敗的狀況而變得自卑的自己，實在太可悲了。
「要喝嗎？」
學長拿給我的是一罐調酒，於是我說自己還未成年委婉拒絕後，用發抖的聲音清了一下喉嚨掩飾自己的緊張。
我把口香糖偷偷收進上衣口袋，從不知是什麼時候開始放在工作室的冰箱裡拿出烏龍茶喝了一口。苦澀的味道在口中散開，喉嚨深處緊縮起來。聲帶的水分彷彿都被帶走似的不適感。明明想傳達的話都說到喉頭了，為什麼我又要吞回去讓自己難受呢？
「今天有沒有空？」
我轉回頭，發現學長用察看神色的眼神望著我。

「有什麼事嗎？」

「要不要到我家來喝一杯？啊，當然不喝酒也沒關係啦。」

我目不轉睛地盯著學長，結果他有點尷尬地搔了搔脖子。而我依然繼續看著他後……

「我房間很亂，所以如果妳有潔癖就算了吧。」

聽到學長這麼說，我緩緩搖頭回應。嘴唇捲向內側，用牙齒緊緊咬住。抬起眼珠看著學長，結果他忽然「啪」一聲抓住了我。

我被他抱著輕輕舉起來，轉起圈子。眼角餘光的機器人看起來就像一閃一閃的反光球。印象中小時候到遊樂園坐旋轉咖啡杯的時候好像也是這樣，可以感受到一股湧上心頭的喜悅。

學長說我好輕，讓我覺得自己的體重被他發現而害羞起來。我擺動著手腳嘗試抵抗，但學長把手臂抓得好緊，靠我的力氣根本無法解開。

「好，就直接到我家來吧。」

學長忽然放開手，讓我在毫無準備之下雙腳著地了。有種地面搖搖晃晃的感覺。總覺得今天的學長和平常不一樣。

接下來要到學長家去了。他平常究竟是在什麼樣的房間生活呢？光是看到那個房間，或許就能讓我比現在更加瞭解學長。有機會窺探學長的私人空間，讓我感到無比開心。

同時在我心中的某個角落也湧起了「搞不好可以成功」的期待。剛才學長抱住我的力氣也緊緊揪住了我的心臟。

就在我們前往學長家的途中，我向學長告白然後當場被甩了。

可是我們之間的關係反而往前踏出了一步。我被他親吻，和他睡在同一個被窩，醒來後還能看到最喜歡的人就在自己眼前。我開心得差點一起床就大叫出來，但我還是拚命忍住，輕輕撫摸學長的頭髮。用手指捲著他柔軟翹起的頭髮時，聞到了與平常甜膩的氣味不一樣的男人味道。

*

「為什麼事情會變成那樣？」

我把自己跟肇學長之間發生的事情告訴深鈴，結果她也不顧周圍人的眼光就把身體逼近我如此質問起來。深鈴是我高中時代的同學，現在就讀於一般四年制的大學。

今天我們約在澀谷一間自然採光的明亮咖啡廳見面。對於流行時尚很敏銳的她說想吃吃看這裡的乳酪蛋糕，所以我就跟她一起來了。我點的是在歐蕾碗中裝得滿滿的加糖咖啡歐蕾，深鈴則是喝黑咖啡。

我將沒有把手的歐蕾碗小心翼翼地端到嘴邊，可是杯中冒出的蒸氣又讓我退縮了。

「就算妳問我為什麼，我才想問呢。」

「妳告白了？」

「嗯。」

「怎麼告白的？」

就算這樣問我我也很傷腦筋。凡事都有所謂的前後脈絡。我們在三年級的工作教室喝過後，決定要到肇學長家去，然後在那路上我覺得現在就是機會，所以告白了。

自從認識學長後，我不再認為自己只是埋沒於樹林中的落葉了。他讓我明白不應該抱著模模糊糊的想法製作作品，重要的是帶著明確的目的進行創作。

我感受到自己彷彿重獲新生。本來只是一片落葉的自己化為了腐葉土，然後從中萌生了新芽。

大家總說我像雛鳥一樣老跟在肇學長後面，不過我心中那株黃綠色的柔嫩新芽確實就是肇學長為我種下的。也許正因為這樣，讓我會如此被他吸引，如此渴求他。

心中的話語不自覺就脫口而出。我是多麼喜歡你的事情，多麼重視你、需要你。

「我把自己喜歡的感情直接告訴他了。」

「可是你被甩了對吧？」

「我不是被甩。是學長說他不交女朋友。」

「那就是被甩了呀。然後呢？為什麼妳接著還跑到對方家裡去？那樣很尷尬吧？」

關於這點我才想問呢。因為當時學長看起來一點也不感到在意，牽著不斷哭泣的我把我帶到他家了。

「或許是因為我哭個不停吧。那時候剛下過雨也很冷呀。」

「就算是那樣，為什麼他要親妳？」

吼～我搞不懂了啦。如此垂下眉梢的深鈴粗魯地切開她眼前的乳酪蛋糕，放到嘴裡，緊接著又大叫起來：

「啊啊！糟透了！我竟然忘記先拍照——！我本來想說要貼感想的說！」
我為了安撫還沒講出「好吃」之類的味覺感想之前、反而先讓怒氣爆發出來的深鈴，拚命動腦思考該怎麼說明，才能讓她對我那段美妙的時間表示肯定。
就算我現在回想起來，依然覺得那段時間有如浸泡過砂糖水的櫻桃般甜美的一場夢。一直以來心儀的對象與自己交疊融合在一起的感覺。被對方親吻的時候，我腦中都不禁浮現出孟克的畫作。我深信不疑地覺得如果就這樣化為一幅又一幅的畫作，兩人到後來可能就會完全融為一體了。與學長的親密接觸就是那麼高溫，那麼特別而純淨。
「我也點一份乳酪蛋糕啦，妳就拍我的吧。」
我向店員加點了一份乳酪蛋糕後，深鈴對我說了一聲「不好意思喔」並且用叉子一下又一下地戳著蛋糕平滑美麗的表面。
「小夜妳最近ＩＧ都沒更新呢。」
「嗯~畢竟沒什麼好貼的照片嘛……」
「貼圖怎麼樣？像妳自己的作品或插畫之類的。現在是透過ＩＧ也可以接到委託工作的時代，妳的圖也有可能接到案子喔。」
「我是有投稿比賽啦……」

「我很喜歡妳的圖呢。」

深鈴一臉得意地把她的手機螢幕秀給我看。待機畫面是我在她的畢業紀念冊上畫的兔子。

「妳還記得嗎？」

「是我畫的圖。」

「正確答案。下次再幫我畫個什麼嘛。」

那種小事當然沒問題囉。我說著準備拿出筆，但她卻說現在喜歡那幅畫所以暫時不用了。

「深鈴最近有遇到什麼好對象嗎？」

「好對象喔，我也不曉得。哎呀，不過妳喜歡的那個人的想法我也多少可以理解啦。」

「什麼意思？」

「保持剛剛好的距離，可進可退的對象。光是有那樣的對象在身邊，就能給人一種自信與安心感呀。」

我回了她一句「真殘酷」之後……

「畢竟我們還很年輕，現在交往的對象不一定將來就會結婚嘛。所以這樣講也沒錯吧。」

如此說著並喝了一口黑咖啡的深鈴，在我眼中看起來就像個遠比我成熟許多的女性。

為了趕上功課的交件日期，我每天不斷製作著學長的手。雖然我並不是被甩，但我就像是想要消解持續曖昧關係所帶來的心裡疙瘩似地埋頭創作著作品。關於學長的手，我多的是參考資料。例如在學校拍照時入鏡的部分，或是我每天的素描紀錄。然而再怎麼說我也不可能知道他小孩時期的手，因此我說自己這次的功課要創作小孩的手，希望有多一點的參考資料，請學長跟若葉學姊拿他們小時候的照片給我看了。由於學長清楚表示過他並沒有把若葉學姊視為戀愛對象，所以在這部分我的心理抵抗變得比較輕了。

那兩人還是老樣子感情很好，不過我和他們之間的關係也變得比以前更深，最近經常會三個人一起行動。然後有時候肇學長會偷偷約我去他家，而我就算再怎麼忙於功課的事情也會說服自己偶爾需要休息，忍不住讓自己偷閒一下。

更重要的是，學長對我做他對若葉學姊不會做的事情，讓我感到很開心。受到他特別對待的事實讓我心中產生自信。

除了和學長們在一起的時間以外，我幾乎都投注於製作功課。我的計畫是每十年為一個單位製作從零歲到一百歲的手。對於並不算非常擅長造型藝術的我來說，這雖然是相當辛苦的課題，不過肇學長偶爾也會到教室來給我建議。

人的手會隨著年齡緩緩衰老。皺紋增加，皮膚鬆弛，喪失水分。指甲也會從原本光滑緊緻的模樣漸漸變得缺乏營養而不牢靠。學長透過照片很仔細地向我分析說明這些細微的變化。

當兩人的肩膀靠近到幾乎可以碰到的時候，我即使明白這裡是學校也會忍不住想要像兩人獨處時一樣把身體靠過去。

學長探頭看向我的臉問了一句「這樣講妳懂了嗎？」讓我趕緊回過神來，用力點了好幾下頭後，他便滿意地要我別太勉強自己，笑著離開了。他的指尖也有被乾掉的顏料弄髒，或許是正在製作什麼作品吧。

我現在應該繼續完成眼前的作品才行，腦中卻一件又一件地浮現出新的創作靈感。每次跟學長見面我就會馬上變成這樣，真的不行。

明明已經徹底入冬，今天學長穿的卻是一件沾到顏料，領口又鬆垮的T恤。我雖然擔心他那樣會不會感冒，不過眼睛倒是忍不住被他若隱若現的頸部以下部分吸引過去。那肌膚又白又帶有豔麗的光澤，學長每動一下就會隱約露出胸膛的肌肉形狀，讓我有種看到不該看的東西的感覺。

我其實已經有看過幾次學長上半身的裸體，但沒想到光是原本遮起來的地方若隱若現，就會讓人如此怦然心動。我總覺得自己稍微可以理解男性的心情了，心臟跳個不停。

我用鉛筆把他平坦的胸膛畫到素描本中。那不算特別鍛鍊過的肌肉是每天的日常生活累積出來的嗎？我滑動筆尖，畫出輪廓。只用鉛筆畫的陰影表現出些許隆起的胸部。把眼前看到的東西畫出來的瞬間，我總有一種自己變成投影機的感覺。越畫越投入的我，用手機查起了胸肌的解剖圖。肌肉的纖維似乎是規則排列，會配合動作進行伸縮的樣子。我在紙面上僵硬不動的學長胸部添加肌肉纖維，隨著畫出一條又一條的線，畫中的存在彷彿逐漸活了起來。這感覺讓我興奮得發麻。

我想要把學長畫得更精細，把學長化為作品。他是我的繆思。雖然這樣稱呼一個男人有點奇怪，不過世上很多藝術家都擁有只屬於自己的繆思。只要有那個人，自己就能寫出歌曲、湧出創作欲望。肇學長對我來說就是那樣的存在。

然而如果想要盡情創作自己想做的作品，我首先必須完成眼前的功課才行。後來兩個禮拜，我不惜犧牲睡眠時間埋頭製作。

最後比預定期限還要早完成的作品連我自己也感到非常滿意。呈現螺旋狀排列的一隻隻手雖然跟實際的東西大小不同，但只要想到那是學長的手就讓我喜歡。唯一的遺憾大概就是三十歲以後的手只是我「希望如此」的願望而已。就算接下來還需要進行細部調整，現階段來講讓我最為滿意的課題作品完成了。

完成的這天，我在家睡得像死人一樣，醒來時已經是隔天早上了。手機有來自肇學長的兩通未接來電、一通未接留言。內容很簡短地問我今天在做什麼？要不要到他家去？雖然我很想罵自己為什麼會睡著，但畢竟我連日來睡眠不足，體力已經消耗到極限，就算我聽到這個留言跑去學長家，想必也會在電車上睡著，到了終點站被車站人員叫醒吧。因此這次我只能安慰自己，至少獲得了很珍貴的未接留言訊息。

後來我依然繼續創作著以肇學長為題材的作品。如果是素描只要畫得快一點，甚至一天就能畫出好幾張。我不斷地畫，不斷地畫，主要是畫側臉、背影，把自己手機拍的照片拿來描圖，或試著把學長讓我印象深刻的動作畫下來。畫得越多，我越能靠自己的手讓學長的身影浮現在畫紙上。就好像畫自己喜歡的漫畫人物一樣，畫學長的圖越來越多。我的房間裡滿滿都是以學長為題材的素描和畫作。當中尤其中意的作品我還會用紙膠帶貼到牆壁上。在房間裡不管看向何處都有我理想的學長，這狀況讓我感到除了幸福還是幸福。

當我重新整理比賽資料的時候，跑出了一張包裝紙設計比賽的報名單。設計內容是實體店鋪用的包裝紙或紙袋。店家是以十多歲到二十多歲的年輕人為客層的知名雜貨店。

我腦中很快便浮現靈感。把學長每次都在嚼的口香糖和包裝鋁箔紙大量排列的設計如何呢?背景用鮮豔活潑的色彩，口香糖的圖也用8bit畫素的風格，應該會很時尚可愛。

我想到靈感後立刻畫出草稿，坐到電腦前。為了當成像素畫的參考資料，我從房間角落學長給的大量口香糖中拿出一片。把密封袋的拉鍊部分一拉開，學長的甘甜氣味便冒了出來。初次接吻那天的記憶又鮮明地湧上腦海。

現在我依然每次到學長家都會做同樣的事情。起初生疏的感覺已經不再，到了學長家就是親吻摟抱，然後一起到床上睡覺已經是理所當然的事情了。即便如此，每次嘴脣碰觸的第一個瞬間，還是會讓我感到新鮮而心跳加速。

他薄薄的雙脣總是毫不遲疑地貪食我的嘴脣。學長似乎不喜歡嘴脣有黏膩的感覺，因此我不擦脣膏了。他輕咬我的嘴脣好幾次，即使我小聲說痛，同樣的行為還是不斷地反覆下去。

我總覺得只有包裝鋁箔紙跟穿破包裝紙跳出來的口香糖會有點單調無趣，於是決定追加嘴唇的圖案看看。我抱著想要把學長的嘴唇忠實重現出來的想法，一點一點添加畫素點。然而不管我怎麼畫都沒辦法感到滿意。雖然我從至今拍過的大量照片中挑選了最能夠拿來當參考的照片，但就算把學長的嘴部擴大顯示，靠8bit畫素的粗糙風格實在無法把那細緻的嘴唇完全表現出來。畫出的線條太雜亂了。如果要忠實重現學長的嘴部，還是細畫或黏土製作最好。

我最後完成的包裝紙設計是以鮮豔的黃色為底，上面排列有被鋁箔紙包起來的口香糖以及從包裝裡跳出來的口香糖。充滿古典時尚風格的這件作品後來在比賽中獲得了最優秀獎，實際成為店家的期間限定包裝紙。另外以學長的手為題材的功課作品也被教授講評說「『年齡增長』這項對人類來說理所當然的時間累積，非常符合這次的課題」而大為誇獎。

我總有一種現在的自己無論什麼題目都有辦法表現出來的感覺。靈感來源就是肇學長。在包裝紙設計中最後沒有採用的嘴唇，我也決定要用在別的作品上。

在完全自由的創作狀況中，自己究竟能夠創造出什麼作品？能做的事情多到讓人傷腦筋。要畫成一幅畫也可以，以嘴唇為主題創作成一系列作品應該也很有趣。將立體物組合到平面畫的手法感覺也很有挑戰性。光是「嘴脣」這樣一個題材就能讓我腦中湧出這麼多的靈感了，如果把肇學長的身體拆成各個部位分別創作，究竟會完成多少作品呀？

新的作品我決定要做一幅相片馬賽克。透過欣賞照片雖然也可以讓人回憶，不過正因為有會講話的嘴巴，所以能夠豐富地回想起過去的情景與感情。我利用至今拍攝的照片，在表現作品的同時，嘗試能夠把學長的嘴脣忠實重現到什麼程度。而且只是單純使用照片也缺乏趣味，用手剪貼表現出立體感應該也不錯。

製作的過程中，我回顧手機裡的一張張照片就會讓回憶湧上腦海。第一張照片是我們初次見面當天，那張以巴比倫塔為題材的畫作。我的照片記錄了那件作品完成之前的模樣。接著滑動畫面就能看到時間演進，學長最後完成的畫作也有被我確實拍下。學長在自己的畫作旁露出頑皮的笑容。我覺得一定要把這兩張照片放入作品，於是將它們都印了出來。

轉眼間材料就超過了一百張以上，工作空間到處都是紙張。雖然周圍的人會說「真虧妳沒有功課還能這麼精力旺盛地從事創作」，但湧上心頭的熱情如果不趁熱灌注於作品中就沒有意義了。

然而，原本順遂的創作活動後來卻出現了陰影。

最近肇學長似乎忙於創作，變得不太會主動找我講話了。之前都會和若葉學姊三個人一起用餐的午休時間，最近也都是一個人吃飯。

我到學長的製作現場一看，黏土的周圍都是吃完的泡麵杯、果凍飲料與機能飲料的空罐。

「這些我收拾掉囉。」

就算我對學長這麼說，他也只會簡短應我一聲而已。據若葉學姊說，似乎是學長為了功課作品想到的點子和其他人重複，讓創作遲遲無法有進展的樣子。

「這是任誰都會遇上的煩惱階段，放著他過一段時間就會好了。」

若葉學姊如此說著，安撫擔心得坐立不安的我。

肇學長目不轉睛地凝視著一點的模樣彷彿快要開悟一樣，散發出某種神聖的氛圍。即使我向他說話，那對眼眸也不會映出我的身影，這點讓我感到無比傷心。

製作到一半的照片馬賽克，忽然讓我開始懷疑原本應該在腦中的完成圖，究竟是不是正確答案了。搞不好我正在製作的只是很平凡無奇的東西。

之前如湧泉般不斷冒出的靈感驟然不再浮現，讓我變得跟學長一樣只是默默盯著素描簿的時間越來越多了。

如果連我都跟著沉悶也不是辦法。上次得獎的包裝紙與紙袋似乎已經開始在實體店面使用，於是我決定到店家去看看了。

自己設計的東西出現在別人的日常生活中是我的夢想之一。只要親眼見證夢想實現的瞬間，肯定能讓我湧起幹勁吧。我懷抱這樣的確信，拖著不想動的身體出門了。

我來到的本店不愧是大型雜貨店，到處陳列著大量的商品。從不知有什麼用途的擺設品，到造型獨特的存錢筒，光是在這個空間中就有如尋寶一樣，讓人感到興奮。

櫃檯處有客人在結帳。店員用熟練的動作把商品裝進我設計的紙袋中。這店家特有的五花八門感覺與古典時尚的包裝紙設計相當契合。我看著好幾位客人實際拿著紙袋離開的樣子，心中逐漸湧起自信。

我的夢想真的實現了。我是擁有才能的人。

就在這時，兩位大概是女高中生的客人把紙袋舉到眼前，從櫃檯朝我的方向走過來。

「紙袋是不是變了？」

「總覺得這有點怪吧？顏色跟圖都好噁心。」

「之前的設計比較好呢。」

她們如此說著，通過我的面前。

我假裝在看陳列架上的大量貼紙，不過注意力都集中在耳朵。喉嚨深處頓時有種阻塞的感覺，緊咬著嘴唇的口中漸漸滲出鐵鏽的味道。

那只是兩個人說的話。只有那兩個人而已。我用這樣的想法勉強支撐自己的心，離開了店家。

我的設計果然沒有人要嗎？不，自從與學長這個繆思相遇後，我不是變得什麼東西都做得出來了嗎？實際上那個設計也是在比賽中被認定為最好的作品呀。我不斷如此說服自己，但片片剝落的自信卻怎麼也無法恢復原狀。

我只希望能聽到學長對我說一句「別擔心」就好了。

今天煤油暖爐依然伴隨滋滋的聲響散發熱氣。我坐在那前面，把其實也沒有感到多冷的手伸過去取暖。

從那之後過了幾天，我的心情依然持續低空飛行。學長也還是老樣子。不管是誰都好，反正想找個人講話的我便跑來找琴吹小姐了。

「畢竟每個人對設計的喜好不同，全部都去在意就沒完沒了呀。」

「是這樣講沒錯啦。」

「批評的意見就拿來當參考。換成這樣的思考方式會比較好過吧？」

為什麼琴吹小姐的想法能夠那麼堅強呢？

「當參考嗎……」

「我覺得這次的原因應該是色調吧。黃色的底配上淡紫色的口香糖，給人的印象很刺眼對不對？或許符合店家的形象，但是對於喜歡可愛東西的女孩子來說就有點風格太強烈了。」

「確實。」

「這個如果把背景顏色改成粉紅色，對比度就會變得比較低，色彩也比較調和吧。」

琴吹小姐講的內容實在一針見血，讓我無從反駁。

「不過我很喜歡妳的設計就是了。而且這是那家店的人選出來的設計，妳可以再有點自信喔。」

「以後要設計商業用的東西時，我會再試著想想看比較中性的手法。」

「嗯。不過要是都只顧慮那種事情也會很悶，所以也要像這次一樣開心創作喔。」

總覺得我稍微找回自尊心了。能夠信賴的對象講出來的話就是如此鼓舞人心。翹著腳坐在辦公椅上的琴吹小姐，無論年齡或精神上都遠比我成熟得多。

「後來妳跟喜歡的人有進展嗎？」

話題突然轉換，讓我頓時停止呼吸。喉嚨接著發出奇怪的聲音，讓琴吹小姐噴笑出來。我只能忍耐著丟臉害羞的感覺，打開沉重的嘴唇說道：

「呃……最近對方有點忙，沒辦法像之前那樣陪我了。雖然我知道這也是沒辦法的事情，但就是希望能安心一點。」

「告白呢？跟他說了嗎？」

「告白」這兩個字在乾燥的空氣中直直刺進了我的胸口。我現在依然清楚記得那場揮棒落空的告白記憶。雖然我鼓起勇氣把心意講出口了，但那時候並沒有被學長接受。

「我是告白了，可是那時候對方說他不想交女朋友。結果我們就一直保持曖昧的關係。我高中時沒有過那樣的經驗，跟別人多半都是很清楚明白的關係……難道這就是大學生的戀愛嗎？」

「要看人啦。不過那種人也許是喜歡輕鬆自由不受拘束，只想嘗甜頭的類型吧。」

嘗甜頭。我在口中如此小聲複誦。

學長絕沒有向我要求過肉體關係。就這點來看，說他只是想嘗甜頭應該不太對。如果他的目的是我的身體，機會應該多得是。我搞不清楚自己究竟是被學長珍惜呵護，還是被他養著又不餵草。

「不管怎麼說，總之妳如果不再積極一點，搞不好對方一下子就被人搶走囉？」

暖爐忽然「啪」了一聲，害我忍不住把手縮了回來。

不積極一點就會被人搶走。學長盯著黏土塊的時候也講過同樣的話。他說就是因為自己猶豫不決，結果讓點子被其他人搶走了。我雖然想安慰他並沒有那種事，但他全身散發出拒人於外的氛圍讓我不禁膽怯。

我當時只能把他丟了滿地的垃圾收拾起來，假裝拿去丟掉但其實偷偷帶回家了。等到我恢復創作欲望時，那些東西肯定會派上用場的。

幾天後，我的手機收到一封「現在可以到我家來嗎？」的簡短訊息。光是那樣短短一行文字就讓我開心得跳了起來，把明明只要一秒鐘就能讀完的文字反覆讀了又讀。一個字一個字都讓我心中充滿幸福。

黃昏的天空就像把我泛紅的心直接映出來似地呈現一片紅色。我的腳步變得無比輕盈。最近的氣溫已經冷到必須圍圍巾戴手套的程度，因此我縮著身體快步前往學長的家。

我巴不得快點見到他，告訴他最近發生過的事情，讓他摸著我的頭跟我說不用擔心。我也好想快點確認自己的身影映在學長眼眸中的模樣。

我的嘴巴哼起了SPITZ樂團的〈Cherry〉。那是第一次和學長接吻的那天，他房間裡播放的歌曲。自從那天以來，這首歌就一直在我腦中揮之不去。只要用「我愛你」這句話說服自己，我就能變得堅強。我希望自己可以對這點深信不疑。每當反覆唱到副歌的部分，我就越來越喜歡這首歌。

我聯絡學長說自己快到了，結果他回應我房間沒鎖門。於是我就像逃離室外寒冷的空氣般開門進入房間，便看到肇學長很難得地看著電視大笑著。

「歡迎。」

他笑著對我招招手後，又把視線轉回電視。久違的笑容讓我緊繃的心一瞬間就放鬆。我問他在看什麼，他回答我說是搞笑節目。於是我說了一句「很高興看到你這麼開心」，視線則是很自然地看向地板。

我靠到學長旁邊，發現他今天沒什麼口香糖的味道。取而代之的是芬達葡萄汽水的氣味。桌上有一罐喝到一半的寶特瓶芬達。

「小小也要喝嗎？」

好久沒聽到學長這樣叫我，讓我眼眶發熱起來。我用緊張的聲音回了一聲「要」之後，學長便笑著把芬達遞給我。

我轉開瓶蓋聽到碳酸洩出來的聲音，接著把瓶口靠到嘴巴的瞬間，學長就從一旁調侃我說這是間接接吻。

「又有什麼關係嘛。」

喝了一口的芬達已經不太冰涼，甜得彷彿喉嚨都要燒起來了。

後來我們兩個人無所事事地看著搞笑節目，不斷大笑。每當兩人同時笑出來，我就感覺我們是如此契合，不禁感到幸福。零嘴吃完後，我把空袋子拿到床旁邊的垃圾桶丟掉。

學長坐在地板上，我則是從床上看著他的背。接著輕輕把手伸向他的肩胛骨，結果碰觸到的瞬間他就縮起身體躲開，問我在幹什麼。

「我看學長的背好漂亮。」

「只是瘦不啦嘰的而已啦。」

「就是瘦才好呀。」

我說著「真的很漂亮喔」，並且從包包中拿出一本明信片大小的素描簿。

學長繼續背對著我看電視。

「功課的作品還好嗎？」

我用盡量不要太嚴肅的語氣如此詢問後，學長頭也不回地緩緩回答：

「偶爾也需要放鬆一下。」

「這樣呀。」

學長的話讓我開心得差點傻笑起來，於是我趕緊咬著嘴脣勉強忍住。

我心中不禁期待在這個氣氛下，學長會不會對我產生意思。讓筆尖在素描簿上滑動的同時，我巴不得學長快點觸摸我的身體。腦中浮現久違的靈感，是學長的裸體。我想像著自己只有看過上半身的學長身體，在小小的畫紙上將眼前學長的衣服一件件脫掉。親吻時把手繞到學長背後感受過的背部，美麗得沒有絲毫多餘的贅肉。從凸出的肩胛骨、緊緻的腰部到抱著他時感受到的纖細感，全部都讓我迷戀。

創作欲望滿溢出來。我要不斷地畫、不斷地畫學長的身體，創作成我的作品。那肯定美麗得不輸給大衛像。

畫完身體後，我換了一頁開始畫骨骼。想像著皮膚底下的模樣，仔細描繪脊椎。回想自己以前讀過的人體書，從頸椎、胸椎到腰椎，接著是肋骨。畫肌肉纖維雖然很有趣，不過畫骨架的時候也讓我興奮發麻。總有一種在手掌大小的畫紙上掌握了對方身體的感覺。畫著畫著，我甚至開始覺得眼前的學長會不會其實是一尊人偶。

我試著叫了學長一聲名字。他大概是聽到我嘶啞不成聲的聲音，小聲回應了我一下。我接著爬下床靠到他身邊，即使隔著布料較厚的居家休閒服，也可以感受到一如我畫在紙上沒有任何贅肉的身體。將臉頰貼到他背部，便會感受到幾節堅硬的脊椎骨。

我又叫了他一聲讓他轉回頭後，把自己的嘴唇湊過去。但由於太過突然，我親到的不是他嘴唇，而是彼此的牙齒碰撞在一起了。這樣一點都不浪漫的親吻讓他輕輕笑了一聲，我的臉頰忍不住發燙起來。

「妳想親嘴？」

「進到房間的時候就想了。」

那妳就講嘛。學長如此說著，溫柔地親了我好幾下。每當他的薄唇貼到我的嘴上，我心中就逐漸湧起疑惑的感情。為什麼他要對我這麼溫柔？

「為什麼？」

我感覺到他放在我臉頰上的手鬆開了。

「學長你明明說自己不想建立特定的關係，那為什麼要對我這麼好呢？」

「我對妳好嗎？」

「你不是會親我嗎？」

那樣叫對妳好？他如此回問我。但如果那樣不叫作對我好又要叫什麼？

「請問你除了我以外，對別人也會做這種事嗎？」

學長忽然一臉嚴肅地陷入沉默。

其實我剛才看到了。他放在床邊的垃圾桶裡面。學長跟我之間沒有肉體上的關係，可是垃圾桶裡卻有開封過的保險套包裝。我雖然假裝平靜，但怎麼也無法壓抑湧上心頭的感情。我不想讓學長被誰搶走。我想要他成為只屬於我的東西。

「這個，請問你是跟誰用過了？」

我從垃圾桶中撿起保險套包裝拿給學長看，結果他當場臉色大變，粗魯地從我手中搶走保險套包裝，還用力推開我的肩膀。

為什麼是我被推開？我只是想要把喜歡的人的一切都毫無遺漏地全部自己獨占而已。我只是想要知道真相而已。知道學長的一切，然後在那樣的前提下喜歡他。

「你是和誰用那東西的？總不會說是你自己一個人用的吧？我以前也發現過你家裡有其他女生的頭髮。另外待洗衣物中也有我不知道的T恤。請問那些是誰的東西？學長你明明說自己不想要有重要的對象，但你其實和什麼人在交往對吧？」

明明我只是想要斷絕讓自己產生不安的原因，可是一句句的疑問說出口的同時，卻又讓憤怒、悲傷與懊悔的感情以雜亂的順序湧上我的心頭。正因為一直以來我都假裝不在意，所以一旦試著講出口，我甚至連化為言語都感到痛苦，沒有餘力看向學長的臉。只能盯著地板上不是我的頭髮，把感情都宣洩出來。

「我沒有和任何人在交往。」

學長臉上到剛才為止的著急表情忽然消失，浮現出困惑的神色。

這下換成我陷入沉默了。

我雖然想要從表情中看出他真正的想法，但我的視線怎麼也對不上焦點。如果他沒有和任何人在交往，我發現的女性影子難道是我的誤解嗎？

我伸手抱住學長轉身背對我的身體，他並沒有拒絕我。

「那麼，請問你是自己一個人用這東西嗎？」

「跟妳沒關係。」

一反他冷淡的言語，學長輕柔撫摸著我抱住他的手。光是這樣，就讓我臉部緊繃的肌肉自然變得鬆弛。

「但是，我和那個人沒有在交往。」

「那是因為跟我同樣的理由嗎？」

「什麼理由？」

「不想建立重要的關係。希望減少自己死掉的時候會感到遺憾的事情。這些不都是你講過的話嗎？」

學長忽然站了起來。我抱著他的手臂輕易就被解開。

他將喝完的寶特瓶拿到廚房，用比剛才更粗魯的動作從冰箱拿出一罐啤酒。

「噗」一聲扳開拉環，喝了一口。

「為什麼妳要在意那種事？」

學長從廚房對我這麼問道。

「因為我喜歡學長呀。我想要一個人獨占你，所以會在意呀。」

高中以前，我只知道所謂的戀愛是互相喜歡就交往。那時候的自己覺得大學生很成熟，但戀愛的形式應該差不多才對。雖然漫畫或小說中會描寫出軌、變心之類的橋段，有時候兩人之間出現障礙而無法在一起，但我總以為那只是創作中的劇情，現實世界不會發生那種事。因為一直以來，只要彼此有意思，就能跟喜歡的對象交往了。

「你喜歡那個人嗎？」

學長只是曖昧地回答，或許喜歡吧。

「那我呢？」

對這個問題，學長卻是說聲「對不起」後就不講話了。我實在無法理解他究竟對什麼事情在道歉。

「學長做了什麼壞事嗎？」

「也許吧。」

「我感到非常幸福喔。像這樣和你在一起的時間對我來說全都是很特別的。我願意為你做任何事情。」

「嘴巴是那樣講，但其實妳也一樣不管對象是誰都沒差吧？」

床發出軋軋的聲響。學長朝我緩緩靠近。房間裡變得昏暗，讓我發現夜已深了。

「明明被甩了還傻傻跟到我家來，讓我親嘴。一次又一次。」

「因為我喜歡你呀。」

「那樣跟我做的事情沒什麼兩樣。只是在利用願意接受自己的對象而已。認為只要保持這樣的關係繼續下去就好。」

今天的學長沒有散發出甜膩的氣味。

我撲向學長抱住他，結果讓啤酒濺出來弄濕了兩人的衣服。獨特的氣味刺激著鼻子，但我不以為意地把臉靠近學長的臉。

學長的身高很高，我站著沒辦法跟他接吻。雖然我拚命踮起腳尖，但頂多只能讓嘴唇碰觸到他的下巴。

「我們結束這樣的關係吧。」

他用沉悶慵懶的動作想要把我剝開，但我奮力抓著他。

我說我不想結束，提議要跟他做愛，結果卻被他更加強烈地拒絕。不過我還是反抗他的動作，絕對不鬆開手。

「來做愛嘛，好嗎?我完全沒關係的。所以說……」

我們纏在一起，倒到床上。學長被我壓在下面了。

「我辦不到。」

學長仰望著天花板這麼說。

「你和我沒辦法做嗎?」

我全身覆蓋在他身上，從鼻頭幾乎要相碰的距離對他說道。難道我就不行嗎？被我接著如此逼問後，學長無力地搖搖頭。

「和誰都一樣。」

我無法勃起啊。

學長接著說。所以我和誰都沒辦法做。

「就算接吻，就算跟喜歡的人在一起，我都無能為力。本來以為如果是和喜歡的對象也許就沒問題，但到頭來我總是會在開始之前失敗。」

我現在又再一次被甩了。學長果然有喜歡的對象。不過他願意這樣把自己內心脆弱的部分講出來給我聽，還是讓我開心得難以言喻。

我抱住學長。使盡自己的力氣，把無法用言語傳達的心意都注入自己的手臂。

「很痛啊。」

學長想要抵抗，但我依然拚命抓著他的身體。

「妳這是什麼意思？同情嗎？免了吧。」

「不是那樣。」

從身體底下伸來一隻腳，狠狠踹起我的腹部。突如其來的衝擊與疼痛讓我當場彈開，趴到地板上抱著自己的肚子用力咳嗽。

眼前接著看到一雙腳。灰色的襪子頭已經磨得快要破洞了。必須幫他買新的襪子才行。

「跟小夜在一起讓我好累。」

妳給我回去。學長說著，把包包丟到我身上。

被做了過分的事情，被講了過分的話。我全身趴在地板上無法動彈。

自己究竟做錯了什麼?究竟該怎麼做才對?在眼淚都流不出來的悲傷情緒中我拚命想著，可是思考到一半又會中斷。我好想成為他尋求的對象。

「喀嚓」的金屬聲響傳來，玄關的門幾乎同時打開。不是住在這個家的人進來了。

「我聯絡你都不回應是什麼意思?」

如此說著解開圍巾的人，是琴吹小姐。

她似乎沒有注意到趴在地上的我，脫掉鞋子後很熟悉地踏進房內。長長的頭髮從圍巾底下飄散出來。

單間套房中現在變成一男兩女。

學長臉上露出我至今從未見過的僵硬表情。我總算明白出入這間房間的學長心儀對象究竟是誰了。

世上竟然會有這種事。我被最親近、最信賴的人們背叛了好幾次。我頓時感到體內出現教人噁心的空洞，有如全身的內臟都被掏出來了一樣。

我勉強把積在口中的酸苦胃液吞回喉嚨深處。

「琴吹小姐。」

光是這麼叫一聲都讓我感到吃力。

肇學長說了一句對不起，但我同樣不明白他是對什麼事情在道歉。

我微弱的聲音讓琴吹小姐終於發現我在房間裡了。她停下腳步，默默地交互看向趴在地板上的我與站在床邊的學長。

接著，她露出微笑。

「為什麼你沒有給我回應？」

「抱歉，我沒注意手機。」

「是沒差啦。我只是來拿早上忘在這裡的東西而已。」

她表現得就像我根本不在房間裡一樣，走進了浴室脫衣間。

學長也帶著尷尬的表情，彷彿被她吸引般跟著走向脫衣間。

我叫他別走並伸向他的手撲了個空，無力地落到地上。

從脫衣間裡隱約傳來聲音。什麼對不起，什麼不是那樣，盡是片斷的辯白藉口。學長變得好拚命。但他越是拚命解釋，琴吹小姐的聲音就越明朗響亮地傳入我的耳中。那明亮的態度絲毫不帶任何惡意，直率的話語宛如箭矢般直刺我的身體。

琴吹小姐一邊戴上左邊的耳環，一邊走出了脫衣間。肇學長也像金魚糞一樣跟在她的後面。那感覺明顯立場較弱，沒有出息，彷彿自己的一切都被握在這個女人手上。

琴吹小姐說了一聲「那我走囉」，並毫不猶豫地親了學長一下。

最後看向我說道：

「我不是說過嗎？會被別人搶走喔。」

隨著房門關上的沉重聲音，她的身影從房間裡消失了。

我一把抓起掉在旁邊的包包，連滾帶爬地奔出房門。眼睛深處有紅色與藍色不斷閃爍。一邊是憤怒，一邊是悲傷。兩種顏色逐漸混合成紫色，這又是什麼樣的感情？我連思考這個問題的餘力都沒有，一心只想要抓住那個女人。她這樣對待我，未免也太殘酷了。

我奔出公寓，跑在路上，很快就發現了琴吹小姐的背影。我盡可能放低聲量叫出她的名字後，她停下腳步把身體轉了回來。不同於在校內的感覺，她用妖媚的眼神看向我。

「請問妳和學長在交往嗎？」

「我們沒有在交往。」

「學長也是那麼說的。妳不喜歡學長嗎？」

喜歡，是嗎？她小聲呢喃。

「我是因為那孩子喜歡我，老跟在我身邊，所以想說稍微回應一下他的心意也好。我們之間就只是那樣的關係。要說朋友嘛，也有點不對。或許算朋友以上、戀人未滿吧。妳不也一樣嗎？」

才不一樣。完全不一樣。

「妳難道沒有想過要好好回應學長的心意嗎？」

「我有呀。所以才會讓他碰我的身體，親我的嘴嘛。」

我緊緊握起拳頭，指甲戳到讓柔軟的手心越來越痛。

「跟小孩子的戀愛不一樣，大人之間有所謂對雙方來講比較方便的關係。」

「那種事情我也知道。」

「畢竟你們兩人也是這種關係嘛。」

朋友以上、戀人未滿，對不對？琴吹小姐用挑釁的語氣如此說道。

這個人到底是什麼意思？她一直在刺激我的怒氣。跟平常的琴吹小姐簡直判若兩人。

「吶，妳覺得是誰不好？」

「呃……」

我想不出答案而頓住了。

「沒有任何人不好。因為我們大家心裡都很明白這是方便的關係。」

「可是難免會去想對方或許會回心轉意的可能性吧？」

「那就叫幼稚的想法。戀愛中沒有什麼可能不可能的。如果有，那就是在利用對方的好意，或是一時鬼迷心竅而已。」

難道肇學長是在利用我的好意嗎？

「世界可沒妳想得那樣充滿夢想。為了妳的將來，我勸妳多看看現實會比較好喔。」

「那為什麼妳要對肇學長那麼好？妳讓肇學長也明白沒有所謂的可能性不就好了嗎？」

我堅持反抗似地如此回嘴，結果琴吹小姐一副不太耐煩模樣地嘆了一口氣。

「就跟妳一樣。到頭來，不明白這點的人還是會回到原本的地方。而我也並不感到討厭，所以就當作打發時間陪他玩玩而已。然後他選上的人是我，而妳是備取吧。」

琴吹小姐丟下這句強烈的發言後，「那就明天見囉」地隨著高跟鞋的聲響離開了。

我只能在冰冷的寒風中呆呆站在原地。大衣剛才忘在學長家，但我要是回去拿，學長會露出什麼樣的表情？

宛如頭頂上的天空都要砸下來似的絕望湧上心頭。

我一直以來都希望受到他認同、希望他笑、希望自己成為他尋求的女性，深信如此一來總有一天他會喜歡上我。但原來這一切都沒有意義嗎？

明明我因為遇到了他這個繆思，才變得堅強的說。

必須守住這份關係才行。

我點開自己從來沒有主動撥過的學長電話號碼，按下撥號鍵的手不斷發抖。

隨著噗噗噗的聲響之後，待接鈴聲傳入耳朵深處。響了一聲、兩聲、三聲、四聲半的時候忽然「噗」一聲斷掉。

您撥的電話沒有回應，嗶聲後轉接到語音信箱。話筒傳來機械式的語音通知。

即使我再打一次，還是立刻聽到同樣的語音通知。重複撥了四次後，甚至連語音都聽不到了。

嘟——嘟——嘟——空虛的電子聲響不斷延續。

我忍不住笑了出來。不管再怎麼撥打學長的號碼，都只能聽到同樣的聲音。

「奇怪？是怎麼搞的？」

「為什麼會撥不通呢？」

我很自然地揚起嘴角，淚腺彷彿對這表情產生反應似地越來越鬆。就算我逞強自己不哭，淚水還是隨著奇怪的笑聲一滴、又一滴地滑落下來。

對於學長來說，我究竟是什麼樣的存在？像買零食附贈的玩具嗎？因為買的時候附贈所以留下來，但不知不覺間就忘記丟到房間哪裡，等到要搬家的時候才被發現掉在櫃子後面。如果是那樣的存在，還真讓人難過。

但就因為是那樣的存在，所以會被他輕易捨棄嗎？

寒風依然冰冷地吹過我的身體。沒辦法回去拿大衣的我，巴不得冷風可以把心中的愁悶也一起吹走算了。

走路回家究竟要花多少時間呢？如果不把悲傷化為踏步的力氣勉強自己前進，總覺得身體隨時都會四分五裂了。

琴吹小姐說得對，也許我還是個小孩子。自以為是戀愛漫畫中能夠逆轉局勢的女主角。以為自己肯定有機會，能夠把愛情與夢想全部拿到手。但現實是如此殘酷，沒有任何溫情。落幕是如此輕易又唐突。

學長一次都沒有說過他喜歡我。我早該注意到了。幾分鐘前還盲目地幫學長講話的自己實在悲哀透頂。

第一次接吻時聽到那首SPITZ樂團的〈Cherry〉。唱著光是「我愛你」這句話就彷彿讓自己變得堅強的那些歌詞，我本來以為是描述一個人開心忘我的心情。但如今我才發現，那其實是一首失戀情歌。

光線照在腳邊，抬起視線看到的便利商店燈光刺得眼睛好痛，讓我忍不住瞇起眼皮。不合季節的飛蛾太過接近便利商店的電燈，發出「啪嘰啪嘰」的聲響燒焦了。細煙升向天空，只有我看見那隻飛蛾被燒死的瞬間。

甜美柔和的記憶有如蟲蛀般浮現一點一點的黑斑。眼淚已失去原型，心中的悲傷逐漸變化為憤怒的形狀。兩人相處過的時間，自己創作過的作品，一切都讓我感到愚蠢而汙穢。

我不想再當「為了什麼人的自己」了。我只想要別人認同真正的我。

手機中學長的聯絡電話與照片，我全部一併消除。沒有形狀的回憶，只要按下一個按鍵就能捨棄。上千的回憶最後連一粒塵埃都不剩，輕易就消失到看不見的地方去了。原來這種事情是如此地簡單。

只要往前踏出步伐，剛才那麼刺眼的便利商店燈光一下子就變得看不見了。我又再度走在黑暗的夜路上。夜已深，無論頭上腳下的視野都被染成一片漆黑。寒風依舊冷得刺骨，每當吹撫過指尖或臉頰，就彷彿有大量的細胞漸漸死去。

5

小夜

今天是晴朗的好天氣。在翠綠的樹木陪襯中，夏季色彩漸漸褪去的草皮上可以看到一朵朵的大波斯菊隨風搖曳。

柔和的日光照進小教堂室內，我站在紅地毯的終點緊張地等待著新娘到來。隨著一段音樂的旋律，我背後的大門打開，身穿結婚禮服的小夜跟著岳父一步一步地緩緩走來。

米色的禮服雖然設計精簡，不過從腰部滑順地往下延展的大塊布料隨著小夜的動作微微搖擺，穿在她身上非常好看。

我輕輕掀起面紗，小夜的臉蛋在陽光照耀下綻放出白皙的光彩。不同於平常的化妝以及現場的氣氛讓我心跳加速，雖然嘗試微笑，但越是努力露出笑臉，我的表情就越僵硬。明明我為了今天已經在腦中模擬演練了那麼多次，為什麼到了正式上場的時候我總是這麼弱。小夜抬頭看著那樣的我，臉上露出微笑。

到了要親吻新娘時，我的視線看向她的嘴唇。淡粉紅色的雙唇充滿潤澤。我不禁想起第一次接吻的回憶，感受著左胸的鼓動，將手放到她的肩膀上。我身上這套光澤亮麗的灰色燕尾服布料有點硬，讓我覺得不太好活動。我這時不經意發現袖扣的線有點鬆開，鈕扣感覺隨時都會掉下來。大概是我不小心勾到了什麼地方吧。明明在如此重要的日子，竟然發生這種事。求婚時也好，戒指的事情也好，我總是在重要的時候會犯下小錯誤，讓自己都不禁自嘲。

我緩緩把頭傾向一邊，靠近小夜的臉。在親人家族面前，親吻的儀式明明只有短短幾秒鐘，整個世界卻突然進入了慢動作狀態。我自己的呼吸、小夜輕輕閉上的眼皮、搖曳的睫毛。我深切感受著這些東西的同時，將自己的嘴唇緩緩貼到她的嘴唇上。

我輕輕抓著小夜的肩膀把臉移開，便看到她靦腆的表情。那天真爛漫的感覺讓我臉頰微微發燙起來。剛才的緊張不知消失到哪兒去的我，現在心情上變得比較從容，於是為了逗她笑得更燦爛而試著不發出聲音告訴她袖扣的事情。結果她放低視線看到我的袖口後頓時變得面無表情，目不轉睛地盯著垂掛的鈕扣。

「兩位請看向這邊，保持笑容。」

攝影師揮揮手要我們看向鏡頭。我慌慌張張轉頭過去，卻被攝影師要求新郎再多笑一點。因此我馬上試著揚起嘴角。

「葉先生，你表情太僵硬囉。」

小葉如此說著，轉頭看向鏡頭，彷彿什麼事情都沒發生過似地露出笑臉。在她的無名指上，可以看到戒指綻放著銀色的光芒。

小夜原本是我常去的一家咖啡店的店員。我們的關係產生變化的契機，是因為她記住了我每次都會點的東西。我至今依然清楚記得當時的自己很佩服這女孩對工作是如此熱誠。那時候她畫了插圖的杯子拿在我手中雖然顯得有點過於可愛，不過也很自然地讓我感到心情放鬆。

後來我每次到店裡都會跟她互相點頭微笑，「老樣子」這個魔法話語也在我們之間誕生。杯子上總會有她畫的插圖與留言，那也成為了我每天的樂趣。我們之間交談的話語也越來越多。我對她懷抱的好意與興趣一天變得比一天強烈。

然而光是心中在意卻沒有行動就不會有任何進展，於是我鼓起勇氣邀她約會，結果她雖然感到驚訝但也二話不說地答應了。她是個對於小細節也很用心的人，偶爾會穿插玩笑的講話方式讓人感覺遠比我來得有幽默感與品味。更重要的是，每次見面時她散發的氛圍都會有些許變化的部分深深吸引了我。既不是剪頭髮，也不是穿衣打扮的品味有什麼改變，但就是莫名有種氣息不同的感覺，讓我忍不住想要在更接近她的位置仔細觀察她。

曾經有一段時期讀過美大的她對於美術相當有興趣，經常說她想去上野的美術館約會。但由於我不太懂藝術方面的東西，總覺得無法跟她產生共鳴，因此提議既然要去上野，何不去兩人可以分享樂趣的動物園？可是……

「你知道嗎？其實貓熊沒有想像中那麼白，而且斑馬的叫聲也很奇怪。」

她卻用這樣文不對題的回應拒絕去動物園了。然而她卻有個據說是在上野買的貓熊鑰匙圈，還一直用到手腳都已經斷掉，變得破破爛爛的程度。即使我說要買新的鑰匙包給她，她也總是說「我要用到這個貓熊破得只剩頭而已。」很難得地表現得很頑固。

我向她求婚的時候，她雖然遲遲不願給我明確的答案，但就在我們正式決定結婚之後，她卻又忽然變得積極起來。至於我則是一直都相信著她，慢慢等待她的回答，然而自己其實對於結婚典禮根本什麼都不懂。從典禮會場、服裝到日程安排等等，都是女性壓倒性地理解較多也行動迅速。到頭來，很多事情都是小夜教我的。而且她還主張從喜帖製作、空間裝飾到結婚蛋糕的設計，只要是她能做的事情全部都想自己包辦。表示既然是人生中的一大舞臺、就要做到完美才行而翻閱著結婚情報雜誌的她，讓我覺得跟至今認識的小夜又有些許的不同了。

她總是會從退一步的位置，觀察我反應的同時提出自己的意見。雖然她都不太願意告訴我她就讀美大那段時期的事情，但也許當時的她就是像這樣每天認真面對創作，活力充沛地將自己心中湧現的感情與靈感昇華為作品的吧。

我們去參觀典禮會場的時候，她看到中庭的正中央有一棵巨大的錐栗樹，便露出興奮的眼神跑過去沿著樹繞了一圈細細觀察。

「我們就在這棵象徵樹的周圍豎起純白色的遮陽傘，然後擺放圓桌。上面鋪淡藍色的桌巾，盡量用色丁之類帶有光澤的布料，應該可以讓整體呈現出華美的印象。如果每張桌子上分別裝飾不同顏色的花朵，肯定會更漂亮。畢竟葉先生喜歡大自然，所以我本來就想說辦庭園婚宴應該不錯。剛好這裡也符合那樣的條件，你覺得怎麼樣呢?我想絕對會很棒的。」

她如此表示後，在中庭裡到處走著並比手畫腳地一件一件向我說明她想到的點子。

「我真驚訝妳會對婚禮表現得這麼積極。」

「我呀，現在很興奮呢。總覺得有種第一次和葉先生一起創作作品的感覺。腦子裡不斷湧現靈感，期待究竟能夠把那些點子化為具體的模樣到什麼程度。」

小夜宛如一名少女般天真爛漫地如此說著。

後來我們甚至不惜犧牲睡眠時間一起設計會場的擺飾，並陸續完成了喜帖與迎賓看板。

當初求婚時，我沒有搞清楚戒指的種類而給了她結婚戒指。總覺得只有一枚戒指會不體面的我提議要重新買一枚訂婚戒指給她，但她卻說只要有那一枚結婚戒指就足夠了。把尺寸根本不合的戒指套到手指上的她，笑著說這是葉先生挑選的，所以只要這個就好。

後來我們為了修改戒指尺寸到珠寶店的時候，這次換成她挑選了我的結婚戒指。她說如果挑跟她類似設計的戒指會讓我的手指看起來又短又粗，所以為我挑了不同設計的細指環。但是很擔心結婚戒指是不是應該買同樣款式才對的我，有一天又重新問小夜不戴同樣的戒指真的沒關係嗎？結果……

「結婚戒指是證明自己有伴侶用的象徵，因此就算形狀不一樣也沒關係的。」

她若有深意地亮出左手給我看。

「所以說，你不可以在工作的時候拿掉戒指喔？畢竟這是預防出軌的道具呀。」

小夜調皮地如此說著，輕輕戳了一下我的小腹，於是我說自己才不會做那種事並學她戳了一下，結果她忽然用低沉的聲音回了一句「我知道」。我頓時覺得她又讓我隱約看到我所不知道的一面了。

在婚禮會場的中庭，簡單的婚宴即將開始。四周綠葉圍繞，綻放著大波斯菊與龍膽花。看著出席的來賓們各自聚在桌邊談笑的模樣，我明確地感受到自己是如此迫不及待婚宴開場而心臟撲通撲通地跳動著。

身穿燕尾服與結婚禮服的我們現身後，會場便響起掌聲。我們緩緩穿過其中，感受著親人們、公司同僚們、朋友們，一個人一個人祝福的視線。在這些重要的對象們圍繞下，我想這將會是一場符合我們風格的溫馨婚宴。我和小夜彼此互看，她臉上依舊帶著笑容，散發新娘的美麗氛圍。

一陣微風吹過，讓垂掛在遮陽傘邊緣的透光掛飾輕輕搖曳，讓反射的七彩光芒照在會場中。小夜盤起的秀髮髮梢彷彿配合著播放的音樂起舞般擺盪。她頭上裝飾著剛剛在婚禮時沒有的大麗花頭飾。捧在手中的花束也同樣是大量的大麗花，呈現讓人聯想到血色的深紅色。

準備要切蛋糕的時候，來賓們便紛紛聚集到以象徵樹為背景的新人席前面，各自在草皮上找位子蹲下來，架起照相機。

我們往前走的時候，在草皮上穿細跟鞋走路的小夜偶爾會搖搖晃晃，因此我扶著她的身體緩緩前進，結果卻被她說了一句我太小心了。

放在推車上的蛋糕進場，會場響起熱烈的掌聲與歡呼。在飄浮著點點白雲的晴空下登場的蛋糕，是模仿巴比倫塔的造型。蛋糕上塗了磚牆般的咖啡色奶油，往下面逐漸變成帶有灰色的褐色。形狀歪曲的塔上各處擺飾有人形的糖膏造型糕點，整個蛋糕顯得誇張驚人。

「這個蛋糕的設計是以新娘小夜小姐喜歡的畫家——老彼得・布勒哲爾所創作的巴比倫塔為題材。那麼，就請兩位新人切開蛋糕。」

司儀如此說道後，小夜的親友來賓中有一位身穿深灰色西裝的男子在頭頂上大聲鼓掌。另外還有一名穿綠色套裝的女性張著嘴巴似乎在大笑，不過笑聲被男人拍手的聲音掩蓋過去了。

我們將長長的刀子切進蛋糕後，巴比倫塔與糖霜人偶便四分五裂地崩落，分別被端到會場的各張桌子上。原本放蛋糕的銀色托盤上留下一圈奶油的痕跡，周圍還有一朵朵的紅花與黃花裝飾。在太陽照耀下，托盤反射出亮眼的光芒。

新人巡桌的時候，我公司的同僚們都紛紛稱讚小夜手工喜帖做得很棒或是會場裝飾很特別，不愧是讀過美大的人。而小夜聽到這些話也總會溫和回應說很高興大家能夠喜歡。

小夜的朋友很少，在婚宴準備過程中偶爾會露出自卑的表情，不太高興地說「葉先生真好呢，有那麼多人可以叫」之類的話，讓我原本感到有點擔心，不過看來是我操心過度了。她面對我請來的人都能夠觀察對方的反應一一親切應對。

「真是一場好婚宴。」

用手帕擦拭著汗水對我們如此搭話的，是我的兒時玩伴石川。雖然現在已是深秋時期，但對於身材魁梧的他來說，日照與西裝打扮似乎還是很熱的樣子，額頭都冒出斗大的汗珠。

小夜仔細端詳他之後，說了一句：「石川你的姿勢變好了呢。」

「我雖然變胖了，不過最近都有在注意自己的姿勢。多虧如此，我腰痛的毛病改善了。」

他接著發出「ＰＡＮ」的聲音後，忽然停了一下動作，用力揚起嘴角，擦拭著汗水交互看向我和小夜問說：「小夜是不是瘦了很多啊？」

「應該是因為她為了婚禮每天努力減肥的關係吧？」

我如此說著並看向小夜。

「說得也是，我確實瘦了不少的樣子。從今天開始我要大吃特吃了。」

小夜心情很好地勾著我的手臂，瞇起眼睛露出開朗的笑容。

「我倒是要少吃一點才行。」

像這套西裝穿起來也有點緊，害我緊張了一下。石川指著自己的腹部如此說道。看到他的西裝都被撐到彷彿在抗議快點把扣子解開似的樣子，我們三個人都笑了起來。以前我們經常三人一起去吃飯，不過自從石川當上動物醫院的院長之後就變得很少見面了。

「下次挑你工作上比較有空的時候，我們再三個人一起去吃飯打屁吧。」

「我現在是過著每天照顧醫院那些孩子們，簡直就像自己的情人是動物的生活，不過偶爾也要像今天一樣出來透透氣吧。只要小夜不介意就好。」

「妳不會介意吧？」

「如果是三個人一起，我很樂意。不過畢竟石川很忙，其實也不用特別顧慮我的行程，你們兩個人去吃飯也沒關係喔。」

「但既然要去就三個人一起去比較好吧？」

「我是覺得……三個人還是兩個人都可以啦。」

回應得有點吞吞吐吐的石川臉頰上流下斗大的汗珠。他用一副彷彿在看誰臉色的眼神東張西望起來，於是我告訴他不需要那麼緊張，結果他頓時睜大眼睛看向我。

「我是說等一下的致詞。你不用把它看得那麼重啦。放輕鬆，放輕鬆。」

我說著拍了一下他的肩膀，但他依然用有點心神不定的表情不斷擦汗，語氣含糊地回應我了。

在小夜的親友席有一位身穿深灰色西裝的男性。領扣襯衫的領口整齊地打著一條銀色領帶，一眼就能看得出來是相當高級的服裝。

他是剛才看到結婚蛋糕的時候，比在場的任何人都還要熱烈鼓掌的人。我忍不住看著他並且為這個來賓席點燃蠟燭的時候，他向我輕輕點頭問好，接著用關心的眼神看著小夜。

「三田先生。」

小夜如此叫了他一聲。

「謝謝你撥空出席。」

「不，我才要謝謝妳的邀請。」

小夜注意到我稍微看了她一下，於是向我介紹這個人是她大學時代在美術館認識的三田先生。我現在也偶爾會聽到小夜提起這個人，就是因為我都不太想去美術館，所以總是代替我陪小夜一起去參觀美術館的人。

「小夜總是受您照顧了。」

「請問那蛋糕是小夜小姐的點子嗎？」

「那是小夜說無論如何都要那樣的設計，所以勉強蛋糕師傅做出來的。」

「因為我想說切開巴比倫塔這種經驗肯定一輩子不會有第二次了，你不覺得這是很棒的點子嗎？」

真是有小夜小姐的風格呢。三田先生露出微笑如此說道。

「還有那個花。」

他說著，指向小夜裝飾在頭髮上的大麗花。

「你說這個大麗花嗎？」
「是啊，那紅色很適合妳。」
小夜告訴我差不多該移動到下一桌了，可是三田先生卻依然很多話地繼續講道：「小夜小姐真的很喜歡紅色呢。以前我那個紅色的鑰匙包……」
「三田先生，咖啡的砂糖還夠嗎？」
我還想說小夜忽然在講什麼話，結果她也不等三田先生回應就面無表情地把桌上裝方糖的瓶子「咚」一聲放到咖啡杯旁邊。
「畢竟三田先生喜歡甜食，我想說如果砂糖不夠你可能喝不下去。那麼，我們差不多要移動到下一桌了。下次你方便的時候請再陪我去參觀美術館喔。」
語畢，小夜便拉著我的手到下一桌去了。
被小夜稱呼為若葉學姊的女性，是在小夜的話題中也偶爾會登場的人物，據說是她大學時代的學姊。頭髮稍微經過整理，身穿一套綠色的女性長褲西裝，給人一種帥氣的印象。
「妳那蛋糕獨特到讓我都笑了。」
「我就知道若葉學姊一定會懂的。」
小夜彷彿剛才那段奇怪的行動都沒發生過似地，一如往常聊起天來。
「畢竟小夜也喜歡布勒哲爾嘛。對了，我跟阿肇說妳要結婚囉，結果他超驚訝的。」

「妳跟他講了？」

「對呀。他說很高興聽到妳過得很好，還叫我也快點結婚什麼的。幹麼要他來管我這種事啦。」

若葉小姐雖然表現出傻眼的態度，語氣還是很溫柔。接著她忽然想到什麼似地拿出手機，問我能不能幫她們兩人拍張照片，於是我二話不說就答應了。

我將鏡頭對向並肩站到一起的那兩人。若葉小姐把手抱到小夜肩膀上，露出開朗的表情。小夜則是只有微微揚起嘴角，對鏡頭小小地比了一個ＹＡ。

「小夜，笑開心一點。」

「咦？我有在笑呀。」

那要拍囉。我說著，按下快門後，手機螢幕上便顯示出兩人的照片，動作莫名地有點僵硬。

「對了，妳有確認過電報了嗎？」

「哦哦，有。婚禮開始前我大致都看過了。」

「妳很驚訝吧？」

「說得也是。很感謝她還特地送電報來呢。」

「她說是之前妳幫忙送訊息給她的回禮。話說回來，小夜的個性是『決定要這樣！』就一不做二不休的，妳先生應該也很驚訝吧？」

「是啊，尤其在進行婚禮的準備工作時，我真的被她嚇到了。這次的會場裝飾我也有幫忙，但老是被她氣說『根本不是這樣！』之類的，實在很嚴格。」

我開玩笑地如此回應，結果小夜用力戳了我一下表示抗議。

「抱歉抱歉，我講得太誇大了。小夜是真的很用心努力，所以才完成了這麼棒的會場啊。」

「既然先生也有幫忙，那就要歸功於兩人的合作啦。」

若葉小姐對小夜接著說了一聲「對吧？」之後，小夜便「說得也是」地回應肯定，不過眼神卻莫名有種帶著陰影的感覺。

深鈴一見到小夜的臉，塗了濃密睫毛膏的眼睛頓時浮現淚光，「太好了，太好了」地有如小夜的母親般為她表示開心起來。而小夜面對那樣的深鈴就忽然收起剛才為止陰暗的表情，跟對方同樣眼眶含著淚水牽起手來。

「我一時好擔心你們會怎樣呢。還好葉先生心胸這麼寬大。謝謝你跟這孩子結婚了。」

「呃不，我也沒做什麼特別的事情。」

「深鈴，妳再繼續哭的話我也會跟著哭，讓兩個人臉上的妝都花掉啦。難得彼此都化妝得這麼漂亮的說，而且等一下還要致詞呢。」

「我致詞的時候也絕對會哭出來的。」

如此說著並垂下眉梢的深鈴露出像浣熊的表情。周圍小夜高中時代的朋友們也都笑著安撫深鈴，她才總算呼吸平靜下來，用手帕擦拭起淚水了。

「小夜身邊有很多溫柔又貼心的人呢。」

「是嗎？」

「大家感覺都很關心妳。」

「是那樣就好了。」

「看到自己喜歡的人也被大家喜歡，我很高興喔。」

「……謝謝。」

我們緩緩巡完整個會場，到了婚宴的尾聲，司儀表示這次有收到幾封電報並一一唸了出來。

養病中的祖母寄來的電報、大學的恩師們寄來的電報。每一封內容都是祝福的話語。司儀每唸完一封，我們就會輕輕鞠躬致意。

「接下來是最後一封，琴吹美雪小姐寄來的電報：恭喜兩位結婚，祝福兩位能夠創作出名為『夫妻生活』的出色作品。」

會場中響起掌聲，我們聽著這段祝福同樣微微鞠躬。小夜接著抬起頭眨了幾下眼睛後，露出皓齒笑了起來。隨著吹過會場的一陣風，濃郁的丹桂香氣飄過鼻子。在這片幸福的氣氛中，我們起身準備進行最後的致詞。

＊＊＊

電視畫面上映出小夜眼角帶著淚水將給父母的信唸出來的模樣。最後她與雙親擁抱後，岳母幫她擦掉淚水，於是她瞇起眼睛笑了起來。

在重要的親友們面前與自己最愛的對象結為連理的這場婚禮，是我人生中最棒的一天。當然我現在也很幸福，不過即使從那天經過了五年的歲月，那段回憶依然絲毫沒有褪色，一直保存在這片光碟中。

「你又在看了？」

洗完澡的小夜帶著濕潤的秀髮走進客廳。

「你真的很喜歡看那次婚禮的影片呢。」

「因為那時候的小夜笑得非常幸福啊。」

嬉文化

累累

（原名：累々）

作者／松井玲奈　譯者／陳梵帆
發行人／黃鎮隆　副總經理／陳君平
副理／洪琇菁　國際版權／黃令歡
執行編輯／呂尚燁　美術主編／李政儀
企劃宣傳／邱小祐
發行／英屬蓋曼群島商家庭傳媒股份有限公司城邦分公司　尖端出版
台北市中山區民生東路二段一四一號十樓
電話：（〇二）二五〇〇—七六〇〇（代表號）
傳真：（〇二）二五〇〇—一九七九
中彰投以北經銷（含宜花東）／楨彥有限公司
電話：（〇二）八九一九—三三六九
傳真：（〇二）八九一四—五五二四
雲嘉經銷／威信圖書有限公司　嘉義公司
電話：（〇五）二三三—三八五二
傳真：（〇五）二三三—三八六三
客服專線：〇八〇〇—〇二八—〇二八
南部經銷／威信圖書有限公司　高雄公司
電話：（〇七）三七三—〇〇七九
傳真：（〇七）三七三—〇〇八七
香港總經銷／城邦（香港）出版集團有限公司
香港灣仔駱克道193號東超商業中心1樓
電話：（八五二）二五〇八—六二三一
傳真：（八五二）二五七八—九三三七
E-mail：hkcite@biznetvigator.com
馬新經銷／城邦（馬新）出版集團　Cite(M)Sdn.Bhd.
E-mail：Cite@cite.com.my
法律顧問／王子文律師　元禾法律事務所
台北市羅斯福路三段三十七號十五樓
二〇二一年二月一版一刷

■中文版■

郵購注意事項：

1. 填妥劃撥單資料：帳號：50003021戶名：英屬蓋曼群島商家庭傳媒(股)公司城邦分公司。2. 通信欄內註明訂購書名與冊數。3. 劃撥金額低於500元，請加附掛號郵資50元。如劃撥日起 10～14日，仍未收到書時，請洽劃撥組。劃撥專線TEL：(03) 312-4212 ・ FAX：(03) 322-4621。E-mail：marketing@spp.com.tw

國家圖書館出版品預行編目資料

累累 / 松井玲奈 著 ; 陳梵帆譯 . --初版.
--臺北市 : 尖端出版, 2021.02
面 ; 公分. --(嬉文化)
譯自: 累々
ISBN 978-957-10-9307-9(平裝)

861.57　109019027